U0680652

随笔诗话

李绍永 著

中国文联出版社
http://www.clapnet.cn

图书在版编目（CIP）数据

随笔诗话 / 李绍永著．-- 北京：中国文联出版社，2020.10（2023.1 重印）

ISBN 978-7-5190-4363-6

Ⅰ.①随… Ⅱ.①李… Ⅲ.①随笔—作品集—中国—当代②散文诗—诗集—中国—当代 Ⅳ.①I217.2

中国版本图书馆 CIP 数据核字（2020）第 201528 号

著　　者　李绍永
责任编辑　刘　旭
责任校对　徐传洲
装帧设计　中联华文

出版发行　中国文联出版社
地　　址　北京市朝阳区农展馆南里 10 号　　邮编　100125
电　　话　010-85923025（发行部）　　85923091（总编室）
经　　销　全国新华书店等
印　　刷　三河市华东印刷有限公司

开　　本　710×1000　1/16
印　　张　12.5
字　　数　220 千字
版　　次　2023 年 1 月第 1 版第 2 次印刷
定　　价　75.00 元

版权所有　侵权必究

如有印装质量问题，请与本社发行部联系调换

前 言

多年来，一直保持着写日记、记笔记的习惯，将工作、生活、学习中的一些感悟随时写下来。四十岁之后，我开始整理积累下来的散文随笔、诗歌和日常记语，修改编辑成册，于是有了这本《随笔诗话》。

这都是些写情感、事理、心性的短文，从未发表过，如今拿出来与读者共勉，仍感觉有很多不完善之处，就好比苹果到了该采摘的季节，虽然仍有些青涩、不美，但都应该从树上摘下来与人分享，或许能对人有所帮助，总不能敝帚自珍、不为人知。

成书算是一种立言，更多的是想与志同道合的朋友交流思想。日常的交流和交往常会受到时间与地域上的局限，想说的话，若不行之以文，则难流传至远，将所思所想变成文字、整理成书，是希望能以书为载体，与更多更广的友人交流共勉。

回顾过去，军旅生涯十八年，回到地方工作七年，自己没有做出什么突出的成就，安贫乐道，过着平凡的生活，但作为一个平凡的人，平凡而不失努力拼搏，对工作、生活、学习都做到了尽心尽力，所在单位各项建设取得了很多荣誉进步，家庭生活也幸福。在工作生活之余，总还有些精神上的追求，追寻着不甘平庸的梦想。

这些年的主要收获是思想上的提高和心灵上的丰富。在军队时是全封闭的环境，苦行僧式的生活让人有很多无奈，但同时也让自己沉下心来读书、思考、写作。转业到地方后，感觉再没有军营那么纯粹的环境和沉静的心境了，但从地方再看军队，会看得更清晰一些。我在心灵上一直是比较超脱的，从“出世”到“入世”，对比军地生活，也会有一些思考和感悟，工作和生活一直是没有终极目的的，我一直把这些当作自我完善和提升的过程。在我眼里，看到更多的是自身的缺点，多年来，致力于在心性修炼上下功夫，所思考的多为心性之学。心性之学有着悠久的历史传承，是中华文化的优秀和擅长之处，修身养性，也是历代文人志士一生都要面对的话题。本书各篇所言，基本上都是围绕着这些话题展开的。

我一直把自己当成一个读书人，很敬仰古代的士人，身上也有着一个士人的思想与情感，有点文人的雅兴与清高，又不失武士的坚韧与尚武，受党和军队教育多年，有家国情怀。“士不可以不弘毅”，我也一直致力于弘扬这种士人的气节与精神，这或许是我们当代知识分子身上略显缺乏的。历史上众多的士人学养深厚、品格高尚，或以身作则，或不惜性命，出谋划策、树立气节，为国家进步、社会发展做出了贡献。士族文化就是中国的贵族文化，士族精神就是中华民族的气节与脊梁所在，是士人群体推高了我国封建社会的精神文化生活。

我向来认为，写作最重要的不是文笔，而是思想与情怀。这些年，我一直坚持自学中华传统思想文化，在中华传统学养的基础上，结合工作中最前沿的军事科学技术，学习吸收当代和西方的先进思想，力求使所学所思既有所思辨又能实用于工作，能指导生活实践，有益于当下的人生。在深耕中华文化、继往开来之中，自己如同一只采花酿蜜的蜜蜂，“常恨春归无觅处，不知转入此中来”。不知不觉转入对新儒学的浓厚兴趣，并愿意以弘扬新儒学为己任。

受儒家“立德、立功、立言，修身、齐家、治国”的思想影响，我把自己当成一个新儒家，不论身处何种境地，都心系国家和社会，深爱着自己的民族、国家，对群众怀有深厚的情感，生活中爱自身、爱家庭，并推己及人，爱百姓和这个社会，这是我思考与写作的总基点。虽然写作也时常会在困厄与矛盾之中的深刻思考，但不论怎样，都始终热爱着生活，都保持着昂扬向上的精神状态，所以，对工作生活、对家国天下的点滴思考感悟，也都是正的能量和向上的力量。我一直对我们的民族文化、民族精神充满了自信与自豪，伴随着中华民族的伟大复兴，相信会同步迎来中华文化的伟大复兴！

本书收集的文章前后历时二十年，修改了五遍，最早的一篇随笔是1999年写的，主要精选了我三十岁以后的笔记，对三十岁以前的很多文章，后来再看感觉当时思想还不够成熟，仅选个别篇章录入本书。这本集子文笔虽说业余，但情感很率真，都是出自对实际工作、现实生活和读书学习的思考与总结，真正是自己的东西。散文随笔都出自当时的真感情、真感悟；对修身养性方面的思考都是向善的；写景抒情、展示人性，也都力求唯美；篇章语句都是围绕着“真、善、美”而作，带着爱与温暖，把自己的所思所想呈现给读者。

这些文章随笔，多是在工作之余写成的，由于工作繁忙，有的是在晚上睡觉前，有的是在开会时随手掏出个小笔记本随时记下感言，内容很广很散，都是一家之言，可能有失偏颇，仅供切磋交流，加上才疏学浅，所写内容涉及较广，像历史、科技方面又不专业，文中难免会存在错误与不足，还恳请读者谅解，并给予批评指正。本人诚交天下朋友，如有思想或文章方面的交流，可以联系我的邮箱：smqzzblsy@163.com.

李绍永

2018 年 10 月于厦门

目 录
CONTENTS

散文随笔
San Wen SuiBi

散文诗 SanWen Shi

短文 Duan Wen

感言 Gan Yan

散文随笔

San Wen SuiBi

平凡的生活，让我们更懂得了珍惜亲情，这是人生中最可贵的部分，让我们感受到了生命的丰富和多彩，有喜有乐，有悲有泪，有爱有痛，也让我体会到了亲情无价、兄弟情深！

幸福源自心性

人的心性好，命运才好。

我们现在之所得，多是过去之所想；我们当下的处境，也多是因为我们固有的性格；要想在未来仍有所获得，则须在今天仍有所追求。心如大地，我们要向自己的心地求宝藏、谋幸福。

愿望都是好的，我们在心底发愿之后，要想实现心愿，还须经历一条不确定的过程，在这个求索的过程中，是心性在左右着我们的行为。

人要通过修炼去拥有富于智慧的心性。不论是社会还是丛林，都适用自然法则，而富有智慧的心性，可以在自然法则中胜人一筹。在动物界，食肉者的心性常常是强者的心性，鹰狮虎狼鳄凭借着敏锐、伪装、耐性、迅猛……在生存竞争中获胜。但是，智慧与心性又有所不同，智慧是人的心性经过文明的修炼而达到的高尚境界，智慧可以创造财富、实现心愿，智慧可以改变人生，把握命运，可以提升境界、除去烦恼，带来幸福。

在常人的心性中，有一些是需要去努力超越的，比如：自以为是、主观幻想、缺少毅力、心量不大、缺少城府、缺少耐性、犹豫、侥幸、贪婪、任性……这些都是心性中不好的一面。

在人的心性中，优良的一面是需要努力练就的，比如：忠孝、信义、明强、进取、坚毅、耐性、敬畏、宽厚、雅量、节制、珍惜……我相信这些良好的心性是通向成功与幸福的主观基础。

还有一些本真的心性是要保持的，比如：天真、纯朴、善良、亲仁……不能让这些原本珍贵的心性在后天的世俗中蒙尘或偏移。

人应当把追求幸福作为人生的真谛，并宜去除功利性的干扰。养今日之心性，求明日之幸福，让我们一切从心开始！

2012 年 7 月 21 日

珍惜生命中的美好时光

在我们人生的某些阶段、一年当中的某些时期，总会有那么一些时光特别美好：时令上特别宜人，心境上特别愉悦。

比如说，在不冷不热的春天里，没有酷暑的毒辣阳光，也没有秋冬的干燥灰尘，既不用穿厚衣服御寒，也不用吹空调风扇降温，天刚刚下过小雨，空气特别清新，清晨一觉醒来，总爱不由自主地听些鸟儿的叫声……这样的时光，美得像唐诗："春眠不觉晓，处处闻啼鸟"。

作为我们个人，有些日子心里也特别清静：心情上经过了一段辛苦努力的紧张，走出了一段柳暗花明的困扰，生活上已经丰衣足食，不用再为生计操心，正所谓"若无闲事挂心头，便是人间好时节"。在这样的时光里，觉得做什么都适宜。可是有时候也很矛盾，会想：是去好好感受这时光呢，还是利用好这时光去好好学习做事？去做事了，生怕感觉不到这时光的美好，不去学习做事，又觉得大好时光流走了可惜。于是，心情也会在这美好之中平淡而又矛盾着……

所幸的是，与那些为生计奔波忙碌而无暇顾及身心的人相比，我们已经感受到了时光的美好。在这样的好时节里，可以放开心情自由畅想：是香甜地赖在床上再睡一觉，还是静静地独处去感受这心境？或者是出去走走，欣赏湖光山色、绿树清水，感慨天高云淡、往事如风，追求天人合一的自然愉悦，让心情和时光一样美好？或者是珍惜一寸光阴一寸金，抓紧时间去读书思考、做有意义的事情？

其实，去做什么都可以，只是别让这美好时光虚度！

珍惜生命中的美好时光，我们在沉静之中顿悟：在感悟时光之中，我们体味到了真正的生命和自我的真实存在！

2017 年 5 月 17 日

在独处中体悟人生

午睡醒来，望着屋檐，一种莫名的空虚与无所适从涌上心头，仿佛是刚从人生的迷惘中醒来，不由自主地想问：人为什么活着？怎样的人生才算有意义？

茫然间，远远望去，看着绵延的群山、西去的斜阳、喧嚣的村镇、往来的车辆、忙碌的人群，有点超然物外，也不禁扪心自问：人生在世，充实、幸福的要素究竟都有哪些？

思考之中，常爱拿起笔，写下这些劝慰自己的话。

健康无疑是人生第一幸福。身体的病痛总是最直接地影响幸福的感受。健康像其他人生重要的东西一样，常常是拥有时不觉得珍惜，失去了才知道珍贵。人生还是要有点事做，人需要在做事的过程中追求成就感、实现自我价值。人生要承认人性，要充满情感，心灵要有所牵挂，比如：亲人、爱人、朋友，人的情感世界，虽然无形，但却真实存在，并真切地影响着人的情绪。另外，人生还应当有审美的情怀，去读书、休闲、拥抱自然，去做自己喜欢的事情，去感受生命之美！

生命是宝贵的，可是，生命中有太多的时间，花费在意义不大的工作和处理人际关系上，或者把时间给了事业、给了亲人，反而忘却了自己！忘我地存在，而时光却飞逝！时间就像钟表的秒针不停地一圈一圈把生命带走。人生易老，真该懂得珍惜！时间是生命的载体，珍惜时间也就拥有了生命。拥有自己的时间，才能找到真正的自我。

人生需要独处，沉静中，把自己有限的生命放到时间的光轴上，体悟人生的真正意义。生命，在我们静静地去感悟它的时候，生命的意义和价值会体悟得那么的真切与充分！

2007 年 9 月 12 日

人生究竟该如何度过

沉静之时，我经常思考：人生究竟应该如何度过？

家是美好的，但是，人总待在家里享受安逸有意义吗？人过于闲散是会退化的。人生在世，还是要为社会做些什么。

人走向社会之后，首要的是生存下去，或者要努力维持一个家庭的生计。为了获得足够的经济基础，人们选择了不同的生存方式：开车、开店、干活儿、为公务而奔波……他们在获得回报、养活自己的同时，也在为社会做事、为他人服务。

很多情况下，生存方式的选择并非个人自愿，人们都想择取更体面一些、更舒服一点的工作生活方式，但这要受到诸多无奈无形因素的限制，个人的能力、天分、学识、经验、家庭、社会关系等影响和制约着人们的自由与想法，人与人的差异也因从事的工作而分化，很多情况下，是工作在决定着生活。

人的工作千差万别，工作也常并非自愿，但我常常认为，工作只是生活的手段，而并非生活目的本身。

人在社会上安身立命，想要得到社会的认可，首先需要一个身份：工人、农民、商人、军人、学生、职员等，社会属性几乎成了人与人交往的基础，人们在交往时总会在心里对比，比家庭、比地位、比资产，试图在这种默不作声的对比中找到优越感并获得尊重。人在长大后，很多时候都是在为这些人与人之间的横向对比而努力着。其实，对于很多人而言，由于生计过于忙碌，并没有去认真思考人生的目的和意义，只是在不自觉中让生命自觉地走到了尽头，人生只是个存在的过程。

也许人生的意义，就在于这样一个存在的过程。我们需要珍惜和认真对待的，就是这样一个过程。每个人的人生都会经历这样一个大致相同的过程：天真快乐的童年、学习成长的青少年、恋爱婚姻的成年、为家庭事业奋斗的壮年、感悟回忆的老年和回归维持生命的暮年。在这一个个人生经历、人生故事当中，尽管从事行业不同、成就大小不同，但往往只是主人公不同，而故事的情节却大致雷同。人的生活方式各不相同，但究竟哪种生活方式更好，我想，这就如同试图比较松树和柏树哪种树更好一样，不同虽是不同，但确实很难分出好坏高下。

我思考得更多的是人生的共同意义，人究竟应该怎样活着才更有意义？

在整个人生历程中，人首要的是有一个健康长寿的生命载体，其次是维持生活的经济基础。健康容易被人忽视，实际上却是人生第一要义，毕竟健康是人生的载体。为了生活，人们奔波着、劳累着，所谓的工作占据了人生的大部分时间，使得人们少了些对人生意义的思考。而当我们的生活不再为一日三餐而发愁时，我们还应该去使自己的人生活得更有意义一些！让生活更丰富、有品位，符合自己的兴趣爱好，能体现自身的价值。于是，在我们的生理生命之外，我们通常还会有自己的第二生命：政治生命、艺术人生、精神世界和心路历程……

我想，真正属于我们自己的、使人丰富充实、提升人生质量的还是人的第二生命。老天和父母给了我们生命，而我们自己则可以给自己灵魂。我们的第二生命自己是可以把握的。通过学习、思考、训练、自律、交往可以使我们的人生提升到第二个层次，我们的心灵可以归宿到某一信仰，个人也可以去发展兴趣爱好，做自己喜欢的文艺并享受其中的乐趣，让我们的精神世界充实而丰富。我们个人的确平凡而渺小，但我们的心灵可以变得高尚与博大。

生命让我们在存在中思考，在思考中获得审美。如果，在我们的眼中、我们的心中，都能有一个美好的世界，那么，我们的人生也会因之而变得更加美好！

2008 年 5 月 13 日

假如生命只剩最后几天

不妨设想一下：假如生命只剩下最后几天，会去做些什么？

假如生命只剩下最后几天，我会就在今天，为生我养我的父母再尽一份孝心；我会走上街头，用微笑面对行人，尽可能地帮助身边的人，多给这世界一份善与美；或者用最高的效率，把想说的至诚至真的话写成文章留给后人，告诉世人：一定要懂得人生、珍爱生命、珍惜时光！

假如生命只剩下最后几天，我会再次走进山野，看一看湖光山色、夕阳晚霞，呼吸一下大自然的清新气息。世界是如此美好，真让人留恋！

我们本应该倍加珍惜短暂而宝贵的生命时光，可是，总有太多的事情并没有做好，如果生命可以重来的话，我一定会……

2008 年 7 月 23 日

人之差别，不在于生，而在于死

同事去台湾回来，送了我一套明信片，画面是台湾中正纪念堂，建筑气势恢宏，与西安的帝王陵并无二致。撇开对蒋介石先生的评价不说，看到这样的纪念堂，让我很感叹人与人的差别，同样是一死，凡人只留下一个小小的土堆，唯有亲人记得，而有的强者，死后却能留下雕栏玉砌的殿堂，身后还有世人谈论的诸多事迹。

人之差别，不在于生，而在于死。同样是人，从生到死，短短几十年的时间，却拉开了天壤之别的差距！人生虽短，差别之大，不得不让人去反省、思考：究竟是时势造英雄还是英雄造时势？人生究竟是应该为自己而活，还是应该许身国家社会？人的一生，是重在向内的自我修炼，还是重在向外的横向竞争？也许，根本都说不清楚，这些都要涵盖其中吧！也许，世间凡人一直都在向往强者，只是在人生的竞争中，落在了强者的后面，迷失在众人之间。成为强者，是愿望理想，成为凡人，是不得已。

不论怎么说，人来到世上走一回，死后总还是要留下些什么，并且留下的还是越多、越大越好！

2018 年 4 月 28 日

离理想越来越远，离自己越来越近

人在刚出生的时候，父母总寄予最美好的期望，望子成龙。我们自己也会觉得自己将来成为什么样的人物都有可能，仿佛前途不可限量，因为人生还没有真正开始，还只是一张白纸。

其实，即便是在人刚出生之后，人与人之间的巨大差距就已经拉开了。同样是天真无邪的孩子，却会因为父母的身份、地位、财富不同而变得世故。人常说：三十岁以前，以父敬子，三十岁以后，以子敬父。不仅有世俗的差异，还有孩子在衣着打扮、思想眼界上的差异。作为孩子，在看到自己喜爱的零食、玩具时，获得的困难程度也因家庭出身的不同而无情地天差地别。更可怜的是，孩子们自己的身心也会因父母的社会地位而打上烙印，穷人家的孩子有些会变得自卑，父母没有职务的孩子会围着父母职务高的孩子玩，孩子从小就懂得了世俗和讨好。这些并不是孩子的错。

到了上学的年龄，作为青少年可以靠自己的聪明才智去和同龄人竞争，学生时代也许是人生最公平的一段时期。学习成绩和德智体表现是个人综合能力素质的直接体现，在这个时期，个人是可以真正通过努力去超越别人的。但在这个时期，各种差距也在悄然拉开。良好的家庭可以保障孩子接受更优质的教育，地域对个人的影响也是很大的，来自发达地区的孩子在知识见闻方面会比落后地区的孩子更广博一些。家庭、地域的落后会让孩子更矜持、更保守。孩子在心灵和机会上是公平的，可是在不知不觉中，已经被家庭、环境、地域、民族等历史文化因素烙上了不公平的印记。

青少年期间，人与人差距的拉大多是因为没有好好读书，孩子也在不经意之间，要对自己的人生未来负责。少年时期没有做好的事情，在长大成年之后是要以代价相偿的。古诗云：少壮不努力，老大徒伤悲！其实，有很多人在长大以后，再回首学生时代时，都会后悔当初没有好好读书。当今时代，虽说读书已经不再是科举时代鲤鱼跃龙门式的唯一出路，但读书学习仍是获得良好教育机会、铺好人生道路的必备基础。没有文化的人生是可悲的！文化的差距会无情地将人限制在社会的某些层级里，待到成年之后再想从头来过，可是岁月已经不饶人了！

当步入社会、开始工作之后，个人平凡得就像一滴水，几经流转，终回大海，即使是用大海来形容社会，亦不能完全表述社会之大、社会之复杂。在自然法则主宰、丛林般生存的社会里，一个初出茅庐的青年，刚刚在起跑线上学会觅食时，有不少人早已位高权重、财大气粗，他们像狮子老虎一样，左右和支配着这个世界的权力和资源，于是，小小的个人不得不在限定的规则下、在狭小的空间里循规蹈矩地谨慎生存着。

随着时间的推移、年龄的增长，人与人之间的差距其实是越来越大。儿时原本一起玩耍的同龄人，也会因为经历、处境的不同，不仅在地位、名声上，而且在才智、见识方面拉开差距，积小成大、相去甚远。人到中年，总可以用比上不足、比下有余来安慰自己，仿佛每个人都是在人生的梯子上，抬头望，头上有人，往下看，脚下还有人。可是，人生就像一场长跑，我们在起点时的豪情，常常会被中途时的无奈与厌倦击垮，每个人都在努力前行，却又总有着无法克服的局限：环境的大小、学识的高低、行业的前景、人际的交往……于是，我们开始慢慢放弃儿时的理想，理想也开始因为不再切合实际而渐渐变成了梦想！

人有了一定的阅历之后，再回头反思走过的路，总觉得有许多事没有做好，留下遗憾却又无法改变。人生的很多时候，我们很难把握住自己不犯错误，就好像一棵树，等到它长大成材时，身上总是难免有伤疤。岁月的沧桑、人生的挫折，也在我们的身心上不断留下疤痕，原本完美的梦想开始变得残缺。人在长大以后，开始懂得并承认自己的平凡与渺小，同时也学会了舍弃和随缘。理想与现实的差距是越来越大，到了一定的程度，我们就容易放弃自己的初衷！正如诸葛亮在《诫子书》中所写：年与时驰，意随日去，遂成枯落，多不接于世。悲守穷庐，将复何及？……于是，我们常常把无法把握的人生失误归结为命运！

也许，我们在人生之初就应该懂得平凡、拥有平凡。懂得了平凡，就从心态上真正拥有了生活，在平淡从容中去领悟思考如何做一个真正的人！平凡而不平庸。现实或许无奈，无奈让我们懂得思考，做一个思想上富有的人，去致力于精神上的高尚追求，在兴趣爱好、思考感悟之中消磨时光、丰富人生。好比王羲之在《兰亭序》中感慨：人之相与，俯仰一世，或取诸怀抱，悟言一室之内，或因寄所托，放浪形骸之外……对于大多数人来说，人生其实也不过如此！

所幸的是，当我们开始反省自己的人生时，其实我们已经找回了真正的自己。时间和生活让我们离理想越来越远了，但离自己越来越近了！

2008 年 6 月 23 日

从出类拔萃到回归生活

我有一个习惯，每当遇到特别优秀的女性，都要回家讲给女儿听，希望女儿能以她们为榜样，将来也做个出类拔萃的人，考上名校、找份体面的工作。这可能是普天之下父母的心愿。

昨天翻阅干部档案时，有几位年轻干部的履历给我印象深刻：从中学到大学都非常优秀，一位是从厦门外国语中学毕业，读完复旦读清华的研究生；另一位是从厦门一中考上北京大学，又在北大读完了法硕。她们作为厦门生源，从清华北大毕业之后，又回到厦门考上了公务员，年纪轻轻就有了很好的学习经历和事业上的良好开端。回到家，我把她们的情况作为励志的榜样讲给女儿听。

在送女儿上学的路上，我和她谈到了学习、考试以及将来。受所接触到的这些特别优秀的孩子的影响，结合我自身的感受，我边走边讲我想教给她的人生观与价值观，我说："爸爸不但希望你优秀，还希望你人生的每个阶段都过得幸福！每天都过得开心！"女儿才上小学一年级，毕竟是一张白纸，我总想让她接受到的思想能经得起时间的检验，将来是正确的。出于对女儿的挚爱，我想我对她说的每句话都是至诚至真的。

不论我们怎么拼搏、怎样优秀，最终都是要回归生活的。就像我从干部档案中看到的那几个孩子，从学生时代起，一直都是出类拔萃的，但是，读完清华北大，也还是要回来，参加工作，从最基层做起、从最普通的事务干起。我们对孩子总是寄予太高的期望，而忽视了生活本身。其实，不论孩子多么优秀，读书毕业后，都还是要参加工作、结婚生子的，都要和常人一样，为了让家庭过得更幸福一些而操持着衣食住行、柴米油盐，面对着常人所要面对的一切。生活，是优秀之后的回归。

反思我们这一代，为了学习、为了工作，舍弃了太多。为了考试、功名，舍弃了生活本身。当时光飞逝，再回首往事，总有太多的遗憾和痛心。回想我自己的人生，十八岁以前，为了读书、考大学，十几年寒窗苦读，两耳不闻窗外事，虽然已经到十八岁，其实还是个单纯的大孩子；接下来的十八年，在军队服役，舍小家、顾大家。我一直都在舍弃常人的生活，我的人生，就这样在一种说不清的期待之中不知不觉已经度过了一半。我真不希望女儿将来重复父辈的路，为了学习、考试舍弃一切，为了工作、进步舍弃一切，直到退休时，才算开始自己真正的生活。

我的女儿还小，她的人生之路可以说还没有真正开始，也可以说，从她出生那天起，就已经开始。我希望我的女儿幸福，不仅是将来，而且是现在！我希望她人生的每个阶段、每个时期都幸福。我们不应该为了所谓的将来，而过多舍弃现在的幸福！从孩子的学生时代开始，就为了考试、为了分数，而在恨铁不成钢的管教中让孩子失去原本应该美好的青少年生活！也许鱼与熊掌不可兼得的思想可以重新评价一下，生活，更多的是需要统筹兼顾，而不是去非此即彼地武断取舍。

在上学的路上，我还给女儿讲了我的幸福观：每天都要幸福！幸福就是要身体健康、关系和谐、心理上有愉快的感受！幸福要先从吃饭、睡觉开始，吃得香、睡得好，把该做的事情做好，不影响家庭内部和谐。我们的每一天，从精神状态上都是全新的一天！从起床到睡觉，都是快乐的一天！

人生总是这样，仅看一时，容易顾此失彼、因小失大，只有通盘翻阅人生历程时，才会有大的感悟。也许，我们每个人都应该尽早醒悟：学习、工作是要力求出类拔萃，但最后都还是要回归生活。

2018 年 6 月 7 日

知音总在诗文中

回顾过往，在自己人生的不同时期，总有一些美好的诗文陪伴着我度过那些时光，并让我沉吟至今。不同的境遇、不同的情怀，对应着风格各异的诗文，却都有着知音般的心灵共鸣。

军旅生涯，有漫长的十五年是在一个偏僻的山边军营里度过的。每次望着周围的群山，感觉自己犹如山间的一棵小草，独自感悟着天地，而不为世人所知。那时，很认同法国哲学家帕斯卡尔的一句话：人不过是一根思想的苇草。练字时，常爱抄写唐朝韦应物那首“独怜幽草涧边生，上有黄鹂深树鸣。春潮带雨晚来急，野渡无人舟自横”。那段时光，我常以小草、竹子自喻，东晋谢安也曾以小草自喻，写下“小草远志”四个字；明朝唐伯虎也爱以竹子自喻，写下“千磨万击还坚劲，任尔东西南北风”的诗句，只不过，他们只是自喻，终究还是做出了惊世骇俗的事业，而自己，在以小草、竹子自喻之后，终究还不过是棵小草或竹子！

部队封闭式的管理，让人与世隔绝，也与世无争，只是总感慨芳华流逝，而自己却一事无成，所以常爱读陆游的那首《卜算子·咏梅》：“驿外断桥边，寂寞开无主。已是黄昏独自愁，更著风和雨。无意苦争春，一任群芳妒，零落成泥碾作尘，只有香如故。”练书法时，经常写这首词。我特别欣赏陆游用这个“香”字，虽是失意，梅不失香，人不失德，渐渐地，这诗句也融入并转化为自己的人生观：不论沦落到何种地步，都不失人品道德，依然如梅兰一般，不忘给人以沁人心脾的芳香。

单纯的军旅，对于生活而言，总是有太多的残缺。不如意的日子里，爱去读刘禹锡那首《无题》诗：“巴山楚水凄凉地，二十三年弃置身”。那种身处偏远、封闭苦闷的失落感，让我从心灵上产生同是天涯沦落人的共鸣，好在失意而不失志，心中一直有梦想支撑着我，让我对未来充满信心与希望，所以，更喜爱诗的下两句：“沉舟侧畔千帆过，病树前头万木春。”身处困厄而不失斗志，这是我最敬仰刘禹锡的地方。

山脚军营，夜深人静时，只有林中虫鸣，孤灯下读书写作，岳飞那首《小重山·昨夜寒蛩不住鸣》常常打动夜不能寐的我：“已三更，起来独自绕阶行……欲将心事付瑶琴，知音少，弦断有谁听？”仿佛早在一千年前，英雄就用优美的词句道出了一个思想者注定总是孤独的。岳飞的才情让我敬仰，同样是来自中原、同样是军旅人生，自然有情感上的认同，如果能梦回宋朝，真愿意与岳飞一起抗击金兵、恢复中华。然而，作为盛世的军人，仿佛注定了是要终生准备却无所作为！

在部队那些年，也有心灵上放松的时候，就是雨后到营区后边的山林里走一走。雨后的山林，空气清新、草木苍翠、山泉流淌，青松与竹石笙歌，飞瀑与山峰互映，行走其间，仿佛走进一幅中国山水画中，着实让人流连忘返，那诗情画意，就像是唐朝王维的山水诗："空山新雨后，天气晚来秋。明月松间照，清泉石上流。"那种心境与审美，让如今身处闹市的我依然向往，山林之美，虽偏远而纯净，那种空灵的美、禅意的情，常把我带到超脱出世的境界。有诗文相伴，精神必不庸俗。

记得在部队熬到要转业的那年，一切都要从头再来，仿佛人生要重新来过，那时爱读毛主席的诗："雄关漫道真如铁，而今迈步从头越。"想起自己辛辛苦苦度过半生，如今一无所有，又要从零开始，有失落、有危机，也有挑战，新的征程上，我不想依赖国家军队，决心靠自己改变命运、改善生活。有时，命运并没有同情善良者，命运也不相信眼泪，只有努力与之抗争！又是伟人那句"天若有情天亦老，人间正道是沧桑"劝告着我：一切靠自己！那段时间里，王勃那句"穷且益坚，不坠青云之志"也一直支持着我，像座右铭一样，伴我走过人生低谷。

回到地方后，工作、生活都缺乏社会经验，从零开始学习新知识、新业务，适应新环境，开始新生活。在经过多年身心封闭之后，终于要放开心胸接纳新见闻，更新自己的知识结构。那段时间，觉得《观书有感》里那句"问渠哪得清如许，为有源头活水来"说得真好。我对朱熹的人品、不讲人性的理学从不推崇，但毕竟作为一代大儒，这句话倒是说得也算至理。交流学习至关重要，人得持续学习、终身学习，头脑一定不能封闭保守，常有源头活水来，才能保持清醒的头脑。

又过几年，生活一天天好起来，再回首军旅岁月，总结过去得失，是非成败转头空，于是，又爱读高适那首《飞龙曲》："幸沐千年圣，何辞一尉休。折腰知宠辱，回首见沉浮"。高适有过边塞生涯，他的诗既有书生悲凉情怀，又有军旅豪迈之气，读之，与我心有戚戚焉。

每一句好诗，背后都有一段触及心灵的故事，也都出自饱学之士，他们有着不同常人的阅历、心志、胸怀与才情，胸中有丘壑、人品有风骨，诗文自然高亢雄浑。我常遗憾生活中不常有这样孤高旷远的知己、友人，引用范仲淹《岳阳楼记》里的一句话"微斯人，吾谁与归？"有时在想，如果时光可倒流，真想回到千年以前，与古圣先贤相对而坐、促膝谈心，拜为良师益友。曹操写"青青子衿，悠悠我心"，作为一代英雄，曹操能够找得到他欣赏的文人墨客，一起欣赏书法、吟诗作对。而我，一介凡庸，只能在诗文中与他们心神交会，所幸书中有古圣先贤，读其诗文，如知其人，也能与他们心灵相通、颇有共鸣，如王羲之在《兰亭序》中所言：“每览昔人兴感之由，若合一契。”

斗转星移，时代、境况不同，我写不出如此脍炙人口的诗文，又不能为赋新词强说愁，我能做的，唯有寄托情感在山水之间，寻觅知音于诗文之中，在阅读中神游古今，与先贤心心相印。

2016 年 9 月 7 日

深秋登北山

深秋的北山依旧青秀，只是山岭间多了几团火红欲燃的枫叶。山峰岸然无语，令人心神向往。我选了一个天朗气清的上午，仰望着最高峰出发了。

北山的山门修建得很有一派王者气势，亭台楼阁、石雕神像、广场喷泉、奇花异木，令人仿佛回到了五代十国八闽朝拜的王都。想起十五年前，刚来北山时，这里还是一片荆棘，然而作为有着奇峰、龙潭、闽王遗迹的王者之地，在沉默千年之后，终于有了应该属于它的地位和荣誉。山不在高，有仙则名，水不在深，有龙则灵。风水宝地能够如此，不知人会不会也是这样，大浪淘沙，每个人经过社会和历史的选择，总会去到他自己应该去到的位置。

山脚下的广利庙也开始重建，要扩建成大雄宝殿式的。庙宇代表了一个时代的社会经济，政通人和、繁荣发达的时代往往也是寺庙大兴土木的时代，满足民众精神皈依的需求。广利庙始建于晋朝，曾毁于战乱、毁于“文革”，改革开放后得以重建。民众是最淳朴、最讲理的，历史上，为民众做过善事的人，民众都会自发为他立碑建庙，世代供奉纪念。庙宇虽小却承载着五代十国王审知开创闽国的功德精神，这也是我多年来爱进广利庙的主要原因，闽王“勤谨淳朴、俭约自持、护国庇民”的风范，一直让我敬仰。我把庙的名字“广利”二字理解为“广修善行、利益众生”，我将以此为指引，有生之年，为国为民尽心尽力做些事情。

神游古今之后，从梦想回到现实，脚踏实地沿着盘山路向上进发了。先到的是十二龙潭。在龙潭边上的伏羲庙上了香，我坚信自己是个无神论者，可毕竟现在的我不是一个人了，这些年遇庙烧香、进寺拜佛，每次在神前祈求保佑的先是家人，最后才考虑一点点自己，有了家庭就有了责任。人生的阅历让我更相信命运，很多时候，只能尽人事，听天命。这些年，人生有过低谷，工作生活也总难尽如人意，但我内心都保留着那份审美的情趣，寄情于山水之间，在喧嚣之外皈依自然，追寻一种超脱的真善美。

沿龙潭瀑布而上，瀑布之美、龙潭之清，让我忘了岩石之险。沿着光滑的岩石溯流而上，感到和水是如此亲近。虽然艰险难行，但水之秀美、石之奇伟让人多了不寻常的感受。瀑布边的岩石上刻着朱熹的题词，字虽好但却为我所不屑，儒学到宋明转化为理学，实则是国人心志的衰微，朱熹替统治者说着违背人心人性的话，“存天理、灭人欲”，长远来说是从文化上祸国殃民，在我眼里，朱熹虽才高八斗，其实还不如一介种地打粮有益于国家社会的农夫。在一块岩石上刻有乾隆御笔“高风千古”，乾隆的诗词少了些汉儒底蕴，总有些不通顺，不过，在高山之地想到高风，也不失文采风流。

欣赏着瀑布两旁的石刻书法，环顾四周的秀丽景色，我想起了王羲之的《兰亭序》：“此地有崇山峻岭、茂林修竹，又有清流激湍、映带左右”，文中美景仿佛与北山“若合一契”。古往今来，好的文字大都写在好的山水之间。孔子登泰山写下“会当凌绝顶，一览众山小”，欧阳修在醉翁亭边写下“环滁皆山也”的绝句。反观自己，这些年虽下了些文字功夫，但所写文字往往思想禁锢、缺少气度，这无不与环境的局限有关。古代名士大都遍访名师，游历名山大川，以打开豪放思维、培养旷达心胸，这可能也是登山的意义之一吧！

几年前，我也曾想，如果有一天我发达了，要在北山的山峰上修一座亭子供人休息，再立一块石碑，刻上亲手书写的几个字。可是，一晃多年过去了，我依旧是凡人一个。不过心中的想法都还是实现了，旅游部门在山顶修了亭子，有人捐款在山顶刻了石碑，山脚下立起了闽王雕像。这些虽非我所为，但也是我心中一直所想。这可能也是众多来登北山的游客们的共同心愿吧！其实这个世界上并不缺少资源，缺少的往往是想法。正确的想法都是一致的，只有错误的想法才千奇百怪。广大社会民众之中有着无穷的力量，总能让正确的想法变成现实。读《道德经》，老子说“圣人无常心，以百姓心为心”，毛主席曾说过“战争伟力之最雄厚根源在于民众之中”，今日登山，看景区变化，真算是有切身感受了。

欣赏过龙潭周围的风景之后，开始艰辛的登山历程。沿着陡峭的羊肠小道，向山峰正式进发了。

先到达的一个地方是山峰下的一丛天然石柱。爬上石柱，站在山冈之上，环顾四周：山峰、巨石、山谷、林海……此时山风正劲，情不自禁张开双臂，拥抱大自然，对着山林一声长啸……将自己融化在这青山绿水之间，如果此时头顶再有一只苍鹰盘旋，我的心，将和它一起飞翔！

盘山而上，登到了山峰下的山脊上。终于能够看到北山的北边了，记得十几年前我就很想知道山的那边是什么？后来爬到山顶才知道，山的那边还是山！其实人生的很多追求又何尝不是如此？翻过一座山，又有一座山，走过一道坎，又有一道坎！心愿的后边还有心愿，向往的后边还是向往！登山的路上，只顾一路埋头往上走，却忽视了一路上的好风景！

登峰的山路更陡，幸好修有人工的水泥台阶。在这山峰之巅，每位踩着这台阶的游人，都应该想起那些扛着重物、修凿山路的工人，并发自内心地感谢他们！他们并没有留下姓名，但这个社会真正可敬的人就应该是这些建设者！他们在乡村、在城市里辛勤劳作，穿着又脏又破甚至被人看不起的衣服，拿着用血汗换来的低微收入，他们因为所做的事情有贡献、有意义而让人敬重！

在山峰之上，总想多停留一会儿，无限风光在险峰。俯瞰远处的同安城，自己仿佛置身于人世间之外，不知城市里、乡村间，人们在忙碌着什么？而此时的我超凡脱俗之感顿生。汉字里的一个“仙”字真有意义，“仙”就是近山之人，来到这山间，人也就成仙了！人在低处，眼里只有高处的风景，只有到了高处，才能看清低处的风景，这就是所谓的人生境界和层次吧！

山峰的旁边是两条大的山谷。放眼望去，山势之险峻、沟壑之宽阔、气势之磅礴让人感慨，不亲眼看见此景是难以对虚怀若谷、胸中丘壑这类词语有切身理解的。古今圣贤，仁者乐山，智者乐水，凡事也都是仁者见仁、智者见智。同为登山之人，有的人只见树木不见森林，有的人只望山峰不懂山谷。而我感悟最多的就是为人要虚怀若谷、心胸宽广，心量要大，像这山谷一样，开阔而包容。年少时只认识到人要有才，恃才傲物；后又悟到人更要有德，厚德载物；在经历一些挫折走向成熟之后，又领悟到人要注重自身心性的修养，心要有量，心量大才能有德、有才、有结交，进而才会有事业、有幸福。命运如日月，明暗轮回；心量如海天，宽容万物，这也是人生的真谛啊！

从山峰而下，登山算是结束了，下山路上也有不少风景。

沿着山谷下山，顺溪流而下，跟着水走，水走过的路，都是最低、最近、最顺畅的路。是啊，人不能与天地争巧。水无生命，却知道走最正确的路，人自作聪明，往往容易走了错误的路、崎岖的路、偏远的路。沿途流水如清泉，从一道道岩石上流过，林木青翠、水声潺潺，一派天然的园林景色。真想把这美景搬回自己家去，可是再想想，一个人一生又能真正拥有多少东西呢？曾经有过美好的感受就够了，一片淡云、一缕清风、一道朝阳、一轮明月，看过就好，不必拥有。

流水的汇集处修建了一个小水库，水库虽小却也是一道美丽的风景。一泓秋水胜似碧玉，遒劲的松树身影倒映在宁静的水面上，显得画面是那么的澄清、静谧，像一双深情的眼睛，一阵风吹过，水面泛起涟漪，最迷人，是秋波！自然之美，收于眼、存乎心。

回到山下，在龙潭里捧一把山泉洗把脸，结束这次登山。深秋的北山，天好、水好，枫叶也美，只是秋风已劲，几分凉意浸透肌肤，心头不免一颤。秋风萧瑟，催杀草木，秋叶已开始飘零。秋之美，美在成熟，但是，美之至，衰也将至，转眼又是一年的冬天了。几分感叹几分愁，人生太多不如意，未能吹落秋风中！

再回头望去，山石无语，已经历千年，个人是如此平凡，就像这山间的一草一木，唯独多一分思想而已！

北山的山峰静静地耸立着，天很蓝、很高远，风卷片云，随风飘去。想想自己用双腿走了那么远、那么难行的路，不禁心生感慨，人很渺小，但因征服而伟大！

2011 年深秋于北辰山

感悟登山

如果说生命在于情感，何不寄情于山水！不管人生得意失意，都该常去登山，登山能给我们人生的审美与感悟。

古人审美讲究“外师造化，中和心源”。山之美，在于山峰的岸然给男人以气魄，山谷的旷达给男人以胸怀。当你立于山峰之巅，面对旷远的山谷，才会真正体会到什么是虚怀若谷。所谓鸢飞戾天者，望峰息心；经纶世务者，窥谷忘反。古圣先贤登山，皆有感悟心得，留下千古绝句。“空山新雨后，天气晚来秋。明月松间照，清泉石上流”。几个字便写出至美的境界。我感悟登山，也总想写点什么，可是文笔学养总难以追赶古人，只好直接拿来，表述情怀。

我们登上的山，总不会是最低的，自然也不会是最高的，层峦叠嶂才是真实的大自然。登过山才能体会到，山总是有层次的，在不同的高度，看到不同的风景，感悟不同的境界。这也令我想起现实生活中的层次或社会的阶级。山上的人看我，就像我看山下的人，其实，谁都不要嘲笑比自己低微的人，因为在比我们更高的人群眼里，我们的生活也是已经糟糕得不可理喻。正如《兰亭序》中所写，“后之视今，亦犹今之视昔，悲夫！”于是，我们常常将生活折中为一个“中”字，比上不足，比下有余，聊以自慰。

远望着山时，很想知道，山的那边是什么？登上山顶后才知道，山的那边还是山！山给我们的不仅是美，还有对人生的感悟，生活中的企盼有时就像这山一样，这山望着那山高，当走过了一座山，山的那边还是山！

登山是一种征服。当我们再回到山脚下，回头遥望那山顶时，几乎不敢相信自己，居然用两条腿丈量了那么远的路程！一种对自己、对人的敬佩和自信也油然而生，人生有很多时候，不是做不到，而是想不想、有没有努力去做。

当从山顶又回到山脚，就像生活又回到了原点。登山给了你什么？好像什么也没有给你，只是给了你一个从终点又回到起点的过程，给了你一段经历和些许感悟。人生又能给你什么？好像也不能给你什么，就在于一个努力的过程！

2008 年 3 月 28 日

对水的理解

水是最平常的，也是最重要的。随着年龄的增长，越来越理解上善若水的内涵，也越来越懂得向水学习。

水无常形，以变求存。水比神话中的龙更善于变化，水在江河中为长形，在湖泊中则为圆形，以变化适应环境；水遇热能转化为汽，遇冷能变成冰，以变化适应各种温度。兵法云：兵无常势，水无常形。以变应变，以不变应万变，是克敌制胜之道。记得三国刘备问谋士庞统：“先生所学为何？”庞统答：“无他，唯变耳！”变，是大智慧，以变求生存，以变求胜利；变，既是水之道、兵之道，也是人之道。

水包容万物，惠泽万物。水浸润在山石土沙之中，隐没于空气云雾之间，包容万物，浸润万物。水为中性，对待事物不偏不倚；水无色无味，加盐为咸，加糖为甜；水能浊更能自清，时时处处体现着克己无我。人如若能像水一样，则能安身立命、彰显大德。保持中性，不抱成见、去除偏见，公允处事、公平待人，也是大智大德。

水顺势而为，以下成大。水的流动，平则汇聚，不平则流动，避高趋低，顺势而流，越遇险阻，越有气势，也越是壮观。水总是处于下，置自身于最低处而为万物所必需；江海以下纳百川，故能成其大。自然之道启示为人之道，懂得“势”与“下”是大智慧；趋势不可逆，天下事业，识时务、顺趋势者为豪杰；周公吐哺，天下归心。礼贤下士、自甘低下者往往能承载重任，如龟驮碑，自立功德。

水以柔克刚，力量巨大。水是柔的力量，润物细无声；水有慢功夫，久久为功，水滴石穿；水之力，持久而巨大；水之德，感化如同春风化雨，遇强硬能如同太极般转化，化刚为柔，化干戈为玉帛。抽刀断水水更流，青山遮不住，毕竟东流去。所以，古人云：上善若水。

对水的理解认识，即使深入思考感悟，也总只能得其一二。水至纯至简而又博大精深，感悟水、学习水，是需要一生用心的功夫。

2011 年 2 月 10 日

海训之行

这年海训之行，经过有“南海上丝绸之路”之称的泉州，来到了中世纪文明遗风浓厚的惠安。

这里有古代移民象征的洛阳桥，有并称“苏黄米蔡”四大书家的蔡襄祠，有记载着封建时期繁荣昌盛的瓷文化、古民居、石雕，还有如同一道道风景线的石条房、木船、海滩、惠安女……亮丽而让人耳目一新。

举目皆画也。风光无限，心情也自然无比的好，东张西望、指点评论、笑逐颜开。有道是青年人要读万卷书、行万里路，丰富阅历、开阔视野。

再看那大海，目睹大海方知世界之大。儿时以为征服家乡的小河就很了不起，再长大后，走过黄河、长江，才知道家乡很小。常言道，涉浅水者得鱼虾，涉汪洋者得蛟龙。男子汉大丈夫就应当走出家门，敢立潮头。天高任鸟飞，海阔凭鱼跃。

我们凡人，在天地之间，不过是沧海一粟，但也应具有海一样的品性：大海的深沉、大海的力量、大海的包容。

2001 年 8 月 15 日

看　海

每次看海，感悟都不一样。有时感慨海的博大与包容，有时感叹海的深沉与力量。

古往今来，看海而有感者多矣，留下了风格各异的诗文与故事，有“东临碣石，以观沧海”的壮志，有“大雨落幽燕，白浪滔天”的豪情，也有西方先哲远洋航行、征服世界的探索……

而我，此时只感受到海的美丽：蔚蓝的海湾、金色的沙滩、雪白的浪花，海鸥展翅自由地飞过，远处弧形的海面上，一艘带着桅杆的渔船在闪烁的银波里正缓慢行驶……

看着大海，我写不出古人的豪言壮语，我不能为赋新词强说愁，因为我没有他们的非凡经历，我也写不出诗人的隽永情怀，因为我只是凡人一个。可我庆幸，此生能适逢盛世。人生少了些曲折与困苦，生活少了些抗争与磨难，同时，也少了些史诗般的悲壮与豪情。我们在平凡中安详地享受着生活，打发着生命的时光，盛世的人生，仿佛注定了显得短暂而平淡。

但我还是要写下此时看海的感悟，在我存在主义的哲学人生里，时刻不忘审美与感受，生命短如诗，亦应美如诗！

2008 年 7 月 16 日

路边的花

种在营区路边的花已经七年了，每天都经过这里，都看到它，可我至今还叫不出它的名字。

也许是长在路边、数量又多的原因吧，距离太近了，反而从没注意过它，就这样，转眼已经过去七年了。直到因为一次旅途中的见闻，我才开始注意这路边的花。

那是在从老家返队的列车上，拥挤的人群中间，一位外国旅客如获至宝地拖着一盆洛阳牡丹。因为是在列车上，又是一位外国人，那盆牡丹就特别引人注意，被碰蔫的大花朵仍不失它的美丽，凝聚了所有乘客赞赏的目光。回到营区后，我发现，这些路边的花不正和那盆列车上的牡丹花一样吗？

原来，这路边的花是从牡丹科里培育出来的新品种，与牡丹相比更适应南方的天气，花期也开得更加频繁，只是它不像牡丹那样娇贵，而是生长在路边。七年了，这些路边的花已经长得高大粗壮、枝叶繁茂，花瓣和牡丹一样硕大而富贵，只不过它没有牡丹的名气。我端详着它，心中涌起一股爱意，它原来是如此美丽……可惜的是我从来没有注意过它，就这样，不知不觉已经七年过去了。

生活中也常有这样的事，因为是在身边、对你太好、习惯了，反而感觉不到他们的好，比如，父母、亲人、暗中对你好的人……当你挫折、失意、懂得珍惜的时候，蓦然回首，才发现，多少年了，其实他们最值得你欣赏和珍惜……

2004 年 12 月 22 日

南方的梅

有中国传统学养的人，大都喜爱梅兰竹菊。

我也喜爱梅花。记得第一次被梅花感动是在一个下雪的冬天，我在姑姑家看到一盆腊梅，那棵腊梅树龄已经有几十年，遒劲有力的枝干、凌寒怒放的花香，再加上枝干上那层冰雪，那股气质立刻感染了我，令我终生难忘，也让我第一次从现实中切身感受到了自古以来君子爱梅的缘由。

遗憾的是，我成年之后，就到了远离霜雪的南方生活，再赏读腊梅，只能是在诗词之间了。

在福建厦门，也有一种梅花叫作三角梅。在最初的几年里，我对三角梅一直熟视无睹，甚至没有把它当作梅花，因为南方根本没有傲对霜雪的环境。

于是，我对梅花的喜爱只能通过读写古诗词来寄托了，从陆游的“零落成泥碾作尘，只有香如故”到王安石的“墙角数枝梅，凌寒独自开”，再到毛主席的“已是悬崖百丈冰，犹有花枝俏”，梅花虽远在北方，却也在诗文里、在心灵上给我这个身在南方的北方人以陪伴。自己也常想附庸风雅地写些咏梅的诗词，却怎么也写不出来，我想，一是自身学养不够高；二是南方环境不够冷！

第一次真正理解三角梅是在一个雨后的早上，我在修剪三角梅时，发现它一夜之间，竟然长出了几条长长的枝条，那枝条虽显娇嫩但却粗壮有力，它尽可能远地延伸着，仿佛在尽最大的力量去发挥自己的生命力！生长之快，令人惊叹！我当时真的很舍不得剪掉它。

自那以后，我才明白了南方人爱三角梅的原因，不仅是因为它的花叶美，还在于它的生命力，抓住机会，拼命生长！

虽然没有霜雪，南方的梅一样让我感动着。南方的梅，美不在风骨，美在生命力。南方的梅，一夜春雨便突飞猛进，就像当下中国南方的发展一样，抓住机遇、一日千里。南北环境不同，人与物性格差异，但同样都在展示着生命力的美！给予着我心灵上的震撼与感动！

今天的南方，没有环境上的寒冷，没有政治上的冬天，沐浴春风里，生活在幸福中，何尝不应该就像这南方的梅一样，抓住机遇，努力地生长自己，珍惜好环境、做出好成就呢？

2017 年 1 月 25 日

君子兰

记得初三那年，同桌送我一张贺年卡，卡片上是一盆君子兰，同桌在背面写了一句话："愿你永远做个君子！"没想到，这张小小的贺卡对我的影响是如此神。

自那以后，我开始喜欢君子兰，而同桌的那句话也一直让我铭记在心。等到我有了自己的家庭，这些年，不论搬了多少次家，我都要在书房里养一盆君子兰。

其实，在兰花当中，君子兰的叶子并不是最雅、最美的，君子兰的花也不是最香的。君子兰花叶虽美，但着实还没有美到让我喜爱入迷的程度，我爱君子兰，主要是因为它的名字。

关于君子与小人的话题，在中国封建社会谈论了几千年。君子与小人本是指贵族与平民之分，但演变到现代社会，实际上成了好人与坏人的代名词。"君子坦荡荡，小人长戚戚""君子喻于义，小人喻于利"，君子与小人的区别有千万条解释，但一言以蔽之，人生在世，还是要当君子，不要当小人，用通俗入世的话讲就是要当一个好人。

回顾自己这些年走过的路，不论身处何时何地，我都很在乎众人对自己的评价，人活着，口碑很重要，这是第二生命！工作生活中，我也有很多做得不圆满、不如意的地方，但不论怎样，我都心怀善意、方而不割、乐于助人、成人之美，都努力站在君子行列，而生怕有小人之嫌。静坐常思己过，闲谈不论人非。在反省自身中，我也觉得，在我的知识结构和思想意识里，中国传统文化还是占绝对主流的，儒学精神仿佛与生俱来，已融入文化血脉，而后来所学的那点儿西方哲学、外国历史，总只不过是借鉴而已。有时，我也在思考儒家文化的局限性，觉得圣贤书读多了，容易清高，多不接于世，开拓性、创造性反而受限了。

回顾自己的生活，在结束单纯的学生时代，走上工作岗位后，生命中的很长一段时期，都是在不如意、不得志的逆境与困厄中度过的，也许生活原本如此，但要在穷困之中始终坚守住自己，就需要"君子"二字作为信仰。"富贵不能淫，贫贱不能移，威武不能屈"，这是大丈夫的信条，面对"义"与"利"的取舍，我堂堂正正，宁可自苦而不失名节。这些年来，我在走路时，总可以理直气壮地抬着头，这昂着的头，既有对现实的不屑，也有来自内心的坦荡。

不管怎么说，这个社会在做人的标准上还是要树立典范，像我们的先人那样，提倡君子，并说清楚什么是小人，为做人处世树立标准，那样的社会才是一个向好、向上的社会。

每每坐在书房里、君子兰前，总会想起刘禹锡那句“斯是陋室，惟吾德馨”，不论人生境遇如何，都要做一个高尚的人，一个有道德的人，像兰花一样，从德与行上给人以馨香。我爱君子兰，更爱君子修行，练书法常爱写诸葛亮《诫子书》，“君子之行，静以修身，俭以养德，淡泊以明志，宁静以致远”。在平淡从容中，追求着自己想要的人生，在喧嚣的世俗中，稍带清高地保持着真我、真心，用一生去追求真善美。

我的同桌很平凡，小小贺卡也很普通，可同桌的话说得如此入心，君子兰的影响也如此之深，一直激励着我：永远做个君子！

2018 年 1 月 26 日

我是竹子

不如意的岁月里，我常以梅花自喻，零落成泥碾作尘，只有香如故。其实，我并不想一直都像梅花，我何尝不想使自己的人生更幸福些？我也想成为牡丹，集万千宠爱和富贵于一身。可现实中，我却一事无成。我只能算是一根竹子，生活中没有花的美丽和芳香，唯有以自身的坚韧来对抗风的吹打！

2010 年 2 月

菊

菊，错过了春季、夏季，走进了带着几分清凉的秋季。菊，虽然开得晚、开得冷，却开得异样美、有气节！

我爱秋，更爱菊，爱菊这迟来的美。

我也爱咏菊的诗，从陶渊明“采菊东篱下，悠然见南山”的超脱清逸之美，到黄巢“飒飒西风满院栽，蕊寒香冷蝶难来”的孤傲惋惜之美，古往今来，爱菊之人，大都有一个共同特点，就是气节！爱菊之人，要么与世无争，要么大器晚成。

历史长河中，每一个时代，都有一个主旋律，春秋战国爱菊是一种超脱，盛唐爱牡丹是一种富贵，明清爱竹是一种气节，民国爱梅是一种抗争……现如今，那摆在门前的金菊又意味着什么呢？……那是菊花千年不变的美！

作为圣贤先哲欣赏的花中四君子之一，菊的美不仅在于它的花瓣凌霜怒放，还在于它总是盛开在晚秋！菊的美，带着一种迟来的恨晚……

多年来，不论手头多么拮据，每到深秋，我都要买盆菊花，爱花中君子，做人中君子！

2004 年 3 月 10 日

士的情感与梅兰竹菊

中国的士人是个可敬的群体，其高尚的道德情操成就了优秀的中华文化。梅兰竹菊以其天生的气节深得士人的喜爱，令士人与之以友相称。

梅兰竹菊作为花中四君子，虽各有独特个性，但从整体上契合了士人情感的四个方面：傲骨、品德、坚韧、晚成。梅的气节傲对严寒，梅花的香总是与霜雪相伴；兰花的香是如此浓郁，以至于沁人心脾、终生难忘，君子做人就要德馨如兰；竹子并没有芳香的花朵，竹子的生命力与坚韧挺直的个性，喻人遇到风波时就该像它；菊错过了春季，怒放在晚秋，犹如古往今来不少士人，少时不得志，历经磨难，终于大器晚成。

古代士人，不仅是读书的知识分子，有儒士、有武士，文可治国、武可定邦，是仁人志士的两个方向，士人是有国家抱负和社会情怀的，然而，士人多处于社会的中下层，在权贵专治的时期，多不得志，既有对苛政压迫的反抗，又有对壮志难酬的慨叹，于是就把情志寄托在物上，或以梅花、竹子自喻，或去养兰草、种菊花，抒发情怀、打发时光。

2007 年 8 月 30 日

雨

伫立在窗前，凝望着簌簌而下的雨水，别有一番滋味在心头，是思绪还是惆怅说不清楚，不过凭直觉不是喜悦。

极目远望，天地间一片苍茫，看不到景致，也看不到远方，雨水遮住了往日青天白日下的风景。回想起那些阳光明媚的曰子，我望着心旷神怡的蓝天，享受着和煦的阳光，面对如诗如画的群山，总会情不自禁想长啸一声，展开双臂拥抱这大自然，那股年轻的豪情想要随着白云扶摇直上到万里碧空。可眼前的雨下个不停，淅淅沥沥让我的心伴随着它如泣如诉，流淌出说不完的心事。

雨天自有雨天的好处。当乌云与燥热都转化成雨，凉爽不期而至；当浮躁与烦乱都化作心思，心情也如同这齐刷刷的雨线变得释然而有序。自然界的风花雪月在文人那里总能升华成好诗美文。从柳永的“对潇潇暮雨洒江天”，到岳飞的“凭栏处，望潇潇雨歇”，大凡文人对着雨、对着窗，总能心生感慨写出流传千古的绝句，可我拙劣不能，只能留下些感想。

天有风雨雷电，月有阴晴圆缺，人有旦夕祸福，如此多样、交替、变化符合自然规律。万事万物的道理都是相通的，所以，人也须顺其自然。我们总想让外部的客观与自己的主观多重合一些，却总是难尽如人意，于是悲与喜、苦与乐也都从这矛盾中而来。人心总是在理智与感性之间徘徊着，在努力寻找着平衡，以力求得和谐，不知不觉中，这就构成了人生与人性。

望着这仿佛下不完的雨，我想起了范仲淹的那首《岳阳楼记》里的句子：“若夫霪雨霏霏，连月不开……至若春和景明，波澜不惊……”人们总是习惯于在雨天里等待晴天，等到天气好了心情也才好起来。中国的古文化总是这样美而悲，总有几分消极与逃避。我是反对人生在等待中虚度的。等，削弱了人的主观能动性，即便是在天气面前，等，又能等到何时？雨，自有停的时候，但这下雨的过程同样也带给了人间很多，带给了草木甘霖，带给了自己思考。雨天又何尝不是一种风景！

其实，不必在雨天企盼晴天，而又在晴天怀念雨天。人不能等到天晴了心情才好！

1999 年 5 月 25 日

初冬的风

初冬的风，带着阵阵寒意，仿佛可以透过肌肤，凉到心里，让人从时光悄然流逝的麻木中猛然惊醒。

到了秋冬，天地间已经没有春夏的盎然生机，就像这现实中已经不再年轻的我，青春易逝，三十而不立，如今马上又要到不惑之年。走过本领的恐慌、机遇的恐慌，接踵而至的是年龄的恐慌。人近四十虽然称不上老，但同学战友再聚会时，已经开始有人不在了！人生易老，生命是如此的脆弱！我没有理由不珍惜存在的分分秒秒！

初冬的风，吹落了枝头上残缺凋零的黄叶，也吹动着我有几分凄凉的思绪。寒暑交替，日月如梭，不知不觉中一年又将过去，时光流逝如此之快，而我却仍旧一事无成。回想过去，总有太多不如意。自己有很多想法、计划和美好的初衷，却并没有很好地落实，而时光却一去永不复返了！

局促一室之内，不知该做些什么，树欲静而风不止，干扰无时不在。现实中总是有太多无奈，心有余而力不足，我只好将生命的一半活在将来、活在梦想里。

想出去走走，对着天空、树林、山间大喊，可是，天地无语，只有这初冬的风凛冽地吹个不停！

2011年12月15日写于转业前

故乡的云

有一次休假回老家，当火车开动缓缓驶离车站，望着窗外这座熟悉而又陌生的城市，那么多的楼却没有我的一间，那么多的车却没有我的一辆，也还有那么多的人，也都不认识一位，真想回家了就不再来了。

家，可以不富丽堂皇，但家是那么的安全、温暖而富有亲情。可是，人的事业往往不在家里，于是，我们不得不选择在外闯荡、漂泊，在追逐梦想时经受挫折、失意。当本真的心受到伤害，当人生失落的时候，首先想到的是回家。家里有真爱自己的父母，有儿时的伙伴，有朴实的乡情。每每提起回家，常常是人未回，心已归！

少年时，喜欢听那首《故乡的云》：“我曾经豪情万丈，归来却空空的行囊。那故乡的风，和故乡的云，为我抚平创伤。”当时，喜欢的是歌的旋律，如今，喜欢的是歌的词意。是啊，当我们待在家里的时候，总觉得远方好，总按捺不住满怀希望的心，似乎只有远方才有风景。可要是真到外面走一遭，才发现，除了一身的疲惫，成功者却少之又少。

谁都懂得，好男儿志在四方，是鸿鹄就应该搏击长空，可是，假如生活欺骗了你，让你感到累了时，还是回家歇歇吧！回家看看故乡的云，让故乡的云带走你的浮躁，让故乡的风抚平你的创伤。

2008 年 2 月 25 日

一把花生、一罐鸡蛋和一盒茶叶

只有亲身经历过友情之间的深深感动，才能真正体会到“情义无价”这几个字的分量。在我的记忆里，朋友的礼物当中，最让我感动的是三样很不值钱的东西：一把花生、一罐鸡蛋和一盒茶叶。

初二时，班上有位同学，家里很穷，穷到他都很自卑的地步，他人非常老实，学习成绩很差，我记得他除了英语很好以外，其他各科都不及格，因为所有的老师中只有英语老师对他好。班上同学也老是欺负他。我爱打抱不平，有一次跟一个欺负他的同学打了一架，从那以后他和我有了交情。冬天下雪，他只有一双破棉鞋，湿了也没法儿换，只好穿着单布鞋，可是天气一直不晴，我当时没有住校，就拿了他的湿棉鞋回家，用煤火炉给他烤干，我还记得，当时他的棉鞋实在是太臭了，臭得我都有点儿后悔帮他了！再后来，升高年级后，我们俩没分到一个班，交往也越来越少了。

有一天，我匆匆上教学楼，他从楼梯里钻出来，喊了一声我的名字，我一看原来是他，他还是不爱说话，从口袋里掏出一大把花生抓给我，说：“这几天一直没碰见你！”很多年以后，每当想起他抓给我花生时的情景我都会眼眶湿润，我记得那天已经是星期五了，他是住校生，每周星期天才回老家一次，那把花生已经在他口袋里装了整整五天，而一把花生对于他家来说，可能是最好吃的东西了。

……

可能是古装电视剧看多了，初中时代的我颇有几分江湖气息，爱结交兄弟。我有位好兄弟比我大好几岁，他初中读了没几天就辍学去工地干活儿了，他父亲早早去世，家里很穷，兄弟好几个，全靠一个老母亲拉扯大。他经常在火车站做装卸工，所以练得力大无穷，手能断砖，加上他又很爱看江湖小说，在我眼里他就是一位大侠，有点像黑旋风李逵，家有八十老母，在外又很讲义气，借钱从不赖账。我俩感情很好，他还帮我打过架。

后来，我家离开了那里，我去读高中，又去读军校，我俩分别了多年，他很重情重义，我不在家时，还去我家看望过我母亲。一次，我休假时想回初中母校看看，就特意去他家找他。他的老母亲已经去世，哥哥们也都各自成家自立门户了，他家里只剩下三间祖上留下的破瓦房。多年没见，他看到我也很激动，我当时已经是军校的一名学员了，他觉得我考上军校了他也很有面子。中午他非要留我吃饭，问我想吃什么？我就说，那就下碗面条吧。他家里真没什么可吃的东西，除了面粉、盐巴就还有一个陶罐，里边攒着他养的鸡下的鸡蛋。他说，那就下鸡蛋面吧！开始往锅里打鸡蛋，一个、两个、三个、四个、五个……他居然把陶罐倒了过来，把攒的所有鸡蛋都打到了锅里，我数了数，总共有十八个！一锅面条里打十八个鸡蛋，两个人吃！这不符合营养学的标准，也不符合常人的逻辑，但我知道，这符合我们的交情！用光一罐十八个鸡蛋，这是我的兄弟倾其所有、用最好的东西招待了我！在后来的工作生活中，饭局不知道有多少场，标准不知道有多高，而唯有这顿饭，让我一生感动、难忘！

……

随着年龄的增长，自己在部队走上了领导岗位，我一直牢记着身为老共产党员的父母对我的教诲，任何时候不要贪占国家的便宜，坚持着自己做人的原则，当个好人，从不收部属值钱的礼物，可是有一件礼物我却收了，而且收得我从内心里高兴、感动！

我当所长的时候，有一个江苏的小伙子小石，做人非常踏实，肯钻研业务，干活儿总是累得一身汗，可就是性格有点内向，站在队伍前一讲话就紧张。凭着我带兵的经验，我觉得他是位德才兼备的好士官，有培养潜力，就让他当班长，经常给他派任务压担子锻炼他。他真没辜负组织的期望，工作干得很出色，一年后还入了党。其实，我对他有什么关照我早已记不得，因为关心部属是我的职责，印象中就是和他私下聊聊结婚、要孩子、买房子、照顾父母之类的家务事。

在我军旅生涯的最后一年里，我辞去了单位主官职务，盼着早日转业照顾家庭。那段时光是我比较落魄的日子，也感受了一些世态炎凉。一天晚上，几位干部正在我房间侃大山，小石到我房间敲门打报告，进门后，他还是那么羞怯，手里还拎着一盒茶叶。屋里人多，他更感到不好意思，可我此时反而没觉得不好意思，我已经不是单位领导了，不管事了，此时的我就是一个什么职务都没有的老兵，没有谁会求我办什么事。那盒茶叶我就收下了，而要是我还在主官位置上，茶叶我还真不会收。我不忌讳什么，我倒是很理直气壮，甚至还有点引以为荣，但更多的是深深的感动。几年来，这盒茶叶我一直珍藏着舍不得喝，即便是放到发霉，我还是要留给自己，品这盒茶，品这份没有任何功利性和铜臭味、至诚至真的战友情！

……

贫贱之交不相忘。朋友兄弟之间，打动人心、让我们铭记终生的，有时并不是以钱来衡量的贵重物品，可能就是一点小小的东西，很小但很真诚、很用心。

2014 年 6 月 15 日

我的哥哥

我的哥哥是个老实人，虽然没有让我引以为豪的财富和地位，但也一直让我敬重和想念。

和众多的人一样，我和哥哥一起度过了快乐的童年、血气方刚的青年，如今都有了家庭。我在南方，哥哥在北方，天各一方，聚少离多。随着年龄的增长，更懂得了手足相惜，每当想起回老家探亲时和哥哥一起坐在床头聊天的情景，心里都暖烘烘的。

小时候感到有哥哥的好，是被别人欺负时，哥哥去给我“报仇”。后来，哥哥没上大学就参加了工作，但他一直没有放弃学习，工作之后，又去读书进修，是个有志向、有文化的人，最爱读文史哲之类的书籍，对我影响很大，在我很小的时候就给我买书看，使我在人生观确立的关键时期懂得了男人要树立远大志向，不能一生碌碌无为，要有报效国家的胸怀。我一直很感激哥哥对我的影响，让我成为一个爱读书、不甘平庸的人。

突然有一天，我觉得自己已经不再是哥哥庇护下的小弟了，也已经是中年人了，人到中年，总有太多不确定因素，有时心里甚至有些很坏的设想，毕竟人有旦夕祸福，同学朋友和身边熟悉的人，已经开始有人不在了。于是，一年一度的探亲休假也觉得格外珍惜，每次和哥哥送别时，望着他的背影，眼神变得格外的舍不得，都生怕以后万一见不着了，把每一次送别都当成是可能的永别。

让我和哥哥的心灵走得更近的时期，是在家里最困难的时期。我刚毕业参加工作不久，哥哥从国企下岗了，我记得当时我落泪了，我打电话给哥哥说：“以后我的工资每月寄一半给你。”那两年哥哥很不容易，也是吃得苦中苦的几年，穿着打扮、气质谈吐都像办公室干部的哥哥烧过锅炉、卖过水果，想了各种办法改善生活，可总还是在拮据中折腾。哥哥自嘲说：“算命的说我这辈子的命是大河水，应该会大富大贵！只是这两年，河水好像都快干了！”

还记得我和哥哥合伙炒股，哥哥操盘，我们赔得连本钱都快没了，最后结账，哥哥拿着剩下的钱给我时，止不住流泪了。哥哥一直都是个硬汉子，哥哥的眼泪让我永远心疼！

生活有时是三十年河东、三十年河西。再后来，哥哥的工作改善了，生活也变得幸福，倒是从小花钱大手大脚的我陷入了经济困境，我要买房子。哥嫂把他们所有的积蓄都寄给我凑钱让我当首付，说："只有这么多了。"可能这就是亲兄弟吧！在最困难的时候，总是要互相拉一把。

我们聊天时，哥哥偶尔也会说，哪天他买彩票中大奖了就给我买套房子。我不会觉得那是开玩笑，因为，我心里一直也是这么想的。我也常想，如果哪天我发达了，我一定让我哥过上更好的生活。

可能是我很少和哥哥一起生活的缘故吧，我们兄弟之间没有闹过任何别扭。我不能理解为什么有的兄弟之间会闹别扭，甚至兄弟反目。我总觉得我和哥哥一直都很亲。我的观点是家庭一定要和睦才能兴旺。古语讲，兄弟不和是家庭衰败的开始。国家如此，小到家庭也是如此。团结总比不团结好。常言道，兄弟血于墙而齐于外侮。我们兄弟从没有红过脸，在对外上倒是体会过"齐于外侮"，中学时，父亲单位的一个人和我父亲过不去，两家矛盾激化，他们家四个儿子，仗着人多势众冲到我家里，我们只有兄弟两个，我和哥哥还是和他们痛痛快快地打了一架，人虽然受了点小伤，可是心里舒服！如果不是有兄弟两个，可能我和我哥哥都没有当时的勇气和胆量，这也是兄弟的作用吧。

我和哥哥一年也就相聚一两次，并且短短几天，我们只有在见面时，才滔滔不绝地聊聊国家大事、历史人文，平时总想打个电话，可每次电话拨通，却又不像和姐姐那样有很多话可讲，常常是互相报个平安就好了。

就这样一晃几十年过去了，我们的生活中并没有奇迹发生，我和哥哥都还过着普通人的生活，我们的梦想也一直都还没有实现，哥哥把他的梦想寄托在我身上，我又把梦想寄托在了孩子们身上，就这样代代相传，这可能就是一个家族走向兴旺发达的内在力量吧！

平凡的生活，让我们更懂得了珍惜亲情，这是人生中最可贵的部分，让我们感受到了生命的丰富和多彩，有喜有乐，有悲有泪，有爱有痛，也让我体会到了亲情无价、兄弟情深！

2014 年 10 月 12 日

我的家乡河南

每次回老家，望着车窗外无垠的平原、肥沃的土地、笔直的道路、成排的杨树……心情总是又开阔又激动，这就是我的家乡——河南。

多年来，生活在南方的我一直以北方人自居，虽然，我早已以五湖四海的心胸打破了南北地域的差异，但一方水土养一方人，家乡的文化积淀深深地影响着我。确切地说，我来自中原。中原是中华文明的发源地，这是一片人杰地灵的土地，从姜子牙、鬼谷子、范蠡、诸葛亮、谢安，到杜甫、韩愈、李商隐……这片肥沃的土地，在盛产粮食的同时，也英才辈出，在这片并不算大的土地上，走出了数不清的政治家、军事家、思想家、文学家，群星灿若星河，在宋代以前，中国历史上每十个名士大家当中，就有三五个是河南人。

这里曾经创造了中华民族古老而又辉煌的历史。在我出生的郾城老家，到处有着动听的历史传说：商王武丁体恤百姓、与民一起扑灭蝗虫，唐朝宰相裴度平定叛乱、救护民众……记得小时侯，每看到一个大土堆或者一棵老古树，老人们都能讲出一段精彩的故事：有三国曹丕练兵的凌云台、有望夫不归的化身台、有雷劈大蟒的白果树……家乡的美，不在于风景，而在于故事。

在我离开家乡之前，生活过的两座城市郾城和许昌都是历史文化名城。从定都许昌、实行军屯的曹操，到大战郾城、智破金兵拐子马的岳飞，从关公夜读春秋、刀挑红袍到杨再兴马踏小商河、战死不倒，这里到处都是英雄豪杰的遗迹。读高中时，校园是东汉文学家许慎的花园旧址，教室前面有一个舍不得填上的水塘，就是慎池。有时去城关老街喝碗胡辣汤，经过岳飞当年拴马的老槐树，英雄当年气壮山河的身影仿佛近在身边。记得和哥哥一起散步在许昌古城河边上，谈论着曹公当年招贤纳士的雄才大略；春秋楼旁，关公那至死不渝的忠义人格深深地感动着我。家乡历史悠久，充满了名人逸事和文化内涵，这些都是家乡赋予我的无形财富，让我飞出家乡后，有信念与力量展翅飞翔。

中原作为粮仓、兵源，自古以来就是兵家必争之地。可能是受这些影响吧，我在成年之后，也选择了从军之路，远远地离开了家乡，一去多年，只有偶尔回家的幸福和无尽的想念……

自宋代以后，中原衰落了。繁华过后，只留下一抔黄土。经历过战乱、灾荒、建设，我庆幸自己能够出生在一个和平的盛世。现如今，家乡的建设与发展都很快，国际化的建筑、风景怡人的绿化，到处繁华、美丽，使我很感谢日新月异的家乡，让我的亲人得以生活在这么幸福的新环境里。

河南人都爱恋家，在外一直想着回去的我，不料还是如同一朵随风飘荡的蒲公英落地生根留在了南方。我也爱南方的秀美，但我仍深爱着我的家乡——中国最中间的那块平原，那里四季分明的天气、丰富的物产，还有那停留在儿时美好记忆里的春天的新芽和冬天的雪花，时常让我想挑个季节回家看看，折一枝柳条、捡一条杨穗、敲一根冰凌、堆一个雪人……有时，身在南方的我，遥望着北方，想起我的亲人、朋友，他们都还在遥远的老家，那里有着我的亲情和美好的童年记忆，怎能不思念？！

也许有一天，我还会回来，回到家乡和亲人的怀抱当中。当我带着家乡的营养生长发展，走完人生的一段段历程，叶落归根又回到生命的起点。这也许就是生命的轮回吧！

2008 年 4 月 28 日

永远当个高中生

一天清早，窗外还一片漆黑，一阵阵出操的口号声将我从梦中吵醒。那是家对面高中的学生在操场上跑步。不知为何，此时我却难以重返梦乡。

我回想起了自己的高中生活。我很清楚，其实，集体出操时已经是比较晚了，通常是已有不少学生提前起床，教室还没亮灯就在路灯下读英语或语文。记得那时候，有的同学在冬天里就站在公厕的路灯旁，拿着书边读边来回踩着脚。自己也有同感，那时，总有很多知识还没掌握牢，心里很不踏实，还不如早点起来看书倒是更安心一些。

童年是天真的，成年是要付出的，倒是高中时代，真不愧为人生很美好的一个阶段，那是一种还没得到，却即将得到、满怀期望的状态。

读高中时，做梦都想着能考上如愿的大学，成为一名引以自豪的大学生。可人生就是这么矛盾，没得到时盼望将来，得到后却又怀念过去。参加工作之后，这些年挺怀念高中时代的。工作之后，人与人的关系没有学生时代那么平等、单纯了，竞争也没有那么公平了，工作上的努力有时只是在自我安慰，对于前途，好像一眼就能看透几十年后的自己。倒是高中时代的人生，付出与收获是成正比的，你努力了，你就领先了，愿意去多花些心思，就能多考点分数，心中也总是充满了希望，大学就在眼前，就像头上面有个桃子，努力跳一跳就能摘到桃子。高中时代，有目标、有激情，好好学习，天天向上，虽然苦了些，但也很充实，总觉得时间不够用，高中三年，说长也短，还没完全准备好，时间就过去了。

几年前，我也是一名高中生，只是现在已经毕业工作，可以放松一下。我也时常告诫自己，考进大学只是万里长征迈出了第一步，但仍有太多的时间在浮躁中流失，学有所成似乎变成了聊以懈怠的资本，总觉得自己的工作辛苦，休假回到家每天总是睡到自然醒，在隆冬的早晨躺在被窝里确实是一种享受，以至于对学生们早出晚归的生活并不在意。回想起学生们上早学和晚学的情景，上学路上的雨雪风霜、坎坷泥泞，十几年寒窗苦读，作为孩子吃的苦并不比大人少，倒是事业有成的人，可以时常安逸一下。反观自己这些年来的学习工作，也还算吃苦，但和那些早早起来卖菜的人、天不亮就扫大街的人相比，我的这点儿努力与辛苦算什么！与这些在寒风中奔跑呼号的中学生相比，自己是在退化！

一个人，如果能一直保持高中生的精神状态：那样的充实向上、那样的拼搏进取、那样的勤奋刻苦，还有什么事做不好，还有什么事做不成呢？一个人，如果能永远保持高中生的心境，心系梦想、珍惜时间、专心致志，还有什么人生目标实现不了呢？

以后的日子里，我愿高中生的口号声永远响在耳边，永远激励着我，珍惜时间、充满激情，在充实和拼搏中去成为自己想成为的人！

永远当个高中生，将无往而不胜！

2001 年元月

谈读书

关于读书的好处与重要性，古往今来，已经说得很多很透了，我这里只谈一下自己的几点感悟：读书会更有美德，读书会更善于谋划，读书能改善命运。

第一点，一般来说读书人更有美德。

首先，知识即美德，这是古希腊大哲人苏格拉底早就说过的名言。与西方人相比，中国古代读书人更注重名节，名节也是大德。中国的读书人，从古至今都是比较讲名节的，文天祥宁死不降，米芾不占公家半点墨汁的便宜，于谦“粉身碎骨浑不怕，要留清白在人间”。

其次，德与识之间有一个正比关系。古人曾讲：“德随量进，量由识长，故欲厚其德，不可不弘其量，不可不大其识。“心量与品德成正比，无量则不忍。我们常说小不忍，则乱大谋。小忍成仁，大忍成佛。然而，隐忍之理，又是以知识为基础的，心量又与知识事理成正比。读书可以明理。以史为鉴，可以明事理、知进退。昔日越王勾践的谋士范蠡，学识渊博，是位智者，能知进退，最后能够江湖泛蠡舟、载得美人归，并富甲一方，被世人敬为财神爷，善始善终，而他的好友文种，不听他“狡兔死，走狗烹，飞鸟尽，良弓藏”的劝告，被勾践处死。其实，这么简单的事情，从汉刘邦到明朱元璋，历史还在一直重演。古今将帅，书读得多的，多能善终，只知勇武者，多是胜在战场而死于官场。

一个人有所成就尚且容易，但善终很难。古训道：“知易行难，行尚可勉，唯终实难。”所以一生勤谨，在于读书，终身学习很重要，像周总理说的，活到老，学到老，改造到老。

第二点，读书人更善于长远谋划。

想取得大成就还是要靠好学深思。英国早期启蒙思想家培根曾专门写过《论读书》一文，脍炙人口，他指出：“练达之士，虽能一一判别细枝末节，然纵观全局、统筹策划，则非好学深思者莫属。”一语道破了聪明人与读书人的本质区别。

中国有句古话说：“世有大年，岂必长服补药；天生名将，不关多读兵书”。其实这话说得不对，历史上真正能打仗的，多是读书人。毛主席、曾国藩、王阳明、范仲淹、谢安、姜子牙等，并非武将出身，仍然是出色的军事统帅。还有一些名将也都很爱读书，像法国的拿破仑，用他自己的话说：他引以为豪的不是指挥了多少场战役，而是成了法兰西科学院院士，并亲自参与制定了《民法典》。

另外，有大成就者，也都要靠读书人辅佐。纵观中国历史，对国家社会真正起推动作用的是读书人，我国在封建时期领先世界，主要的典章制度皆出自读书人之手。周朝的姜子牙，使官吏制度从任人唯亲向任人唯贤转变；还有一些盛世，秦朝是有李斯这样的大学问家当宰相，汉朝是有萧何这样的大谋士；唐朝是有房谋杜断这样的读书人辅佐，有智者良相才成就了千古帝王。

我国在隋朝建立科举取士制度，在唐以后发扬光大，单单以科取仕这一制度就使中国在历史上领先全世界近千年。封建时代，我国通过科举选拔产生了一千多名对中国历史做出巨大贡献的进士，有：林则徐、曾国藩、王阳明、范仲淹、包拯、王安石、苏颂等，能臣名相大都是进士出身，他们对中国的社会制度、文化发展、科技创新起到了决定性的推动作用。相比之下，汉族之外的少数民族读书少、文化相对落后，即使在军事上强盛一时，终究没有对历史进步做出明显贡献，像元朝、清朝，都是过着半奴隶制生活的马背民族入主中原。看一个国家、朝代发达与否，看什么？看留下的制度、建筑、文字。这两个朝代在这些方面都没有什么建树，清朝皇家住的宫殿是明朝留下的，长城是明朝时期修的。

第三点，读书也是改变自己命运的主要途径。

总之，书是开启智慧的钥匙，书是人类进步的阶梯，书是无声的良师益友。要多读书、读好书。

2016 年 5 月 25 日

浅谈学习

学习的时间来自心境。没有平静和专注的心境，再多的时间也难以用来学习。

学习要养成准确记忆的习惯。记忆是智慧之母，只有熟悉的记忆，才有熟练的运用。

学习文章要通读全文，领悟出字外含义，对文章内涵需要整体把握而不能断章取义。

日常的学习与应试学习本质不同。日常学习重在理解，增强意识为要；应试学习则以精确为要，不但知其对，还要知其错。

学习能力是需要练习的。保持充沛的精力是学习的生理基础，保证专心的程度、读记的速度、记忆的程度，是提高学习能力的几个主要方面。

2010 年 12 月 27 日

学习不能有功利性

关于学习的目的，可能是不少人还没有解决好的问题。

人为什么要学习？父母在教育孩子时也许会说，不好好学习，将来就考不上好的大学，就找不到好的工作。学习似乎只是为了考大学，考大学又是为了找到好的工作。这样的学习目的看似淳朴，实则偏颇，一叶障目，不见森林，这也可能是我们中国当代文化教育出现失误的原因之一。

学习最大的误区是功利性。学习，在中国古代是为了科举、为了功名；而在当代，我们的高考也还略带有科举的遗风，学习是为了考大学，那考上大学之后呢？恐怕思考得就比较少。

学习一旦有了功利性，很多看似“没用”的知识就不会再去学习了。上学时，考什么就学什么，课程设置还分为主科、副科，历史、地理、道德修养之类的课程由于考试占分比值不大，就敷衍着学；大学里又分专业课与选修课，把专业课当成饭碗，刻苦学，选修课则可有可无，蒙混过关就行；“有用”与“没用”成了学习之前的评判标准。实际上，专业课对职业“有用”，却常常是只管一时，人文课看似没用，却能管一生；一些当时并不重要的地理、科学知识，反而在今后的生活中，在高谈阔论、出门旅行之际，变得十分有用，并且常常是书到用时方恨少！

学习不能有功利性。不能仅为考试而学习，也不能仅为生计而学习，为了生计让我们对学习的认识变得浅薄了。应当为提升人之所以为人的思想文化素质而学习，这样，学习会变成乐趣，而非负担。古人云：朝闻道，夕死可矣。读书是为了明白“道理”。在西方人眼里，读书也是提升人生的重要途径，培根说过，读书足以怡情、增长才干。

读书的目的主要是为了认识事理。现代社会，人的学习越来越明显地分为专业的学习和人文的学习，这是人在社会上求生存与发展的两大基石，是人类精神建筑的两大部分，也是同一整体，实际上是不可分离的，做一个全面发展的人，就需统筹兼顾学习的系统性。专业学科需要融合，工作生活需要通才，正确的知识结构应当是既博又专的，正确的学习态度应当是全面系统并有所专长。

学习也并非读书一条途径，读书是学习的主要途径，但读书仅是学习的一部分，向生活学习、向身边的人学习、对社会现实的学习，是更直观的学习。有道是，处处留心皆学问。勇于把所接触的事物变成自己的感悟，进而提升自己的思想认知，这些都是很好的学习。

人之所以为人，使其社会性超越生物性，是因为学习。求知是对天性的修剪，可以改进人性。人不学，不知义。学习提升文化，文化提升文明。学习对于个人与国家社会而言，如同阳光对于草木，阳光普照着草木，阳光并不需要得到回报，而草木却得以生长繁荣。

2014 年 7 月 24 日

跳出局限，向远方学习

放开我们的思维，假如唐太宗当时不是派玄奘和尚去西天取佛经，而是派学者使团去希腊、罗马学习西方哲学和民主法制，中国历史又会出现什么情况？

大到一个国家，小到一个团体、个人，都处于世界的一个角落，随着时间的推移，对身边周围这块不大地方的一切，似乎都无所不知并习以为常，于是，知识、思想与发展空间都开始面临局限性。然而，如果能走得更远一些，就会在更外的圈层发现更大的空白。西欧人有较强的好奇心，冒险远洋航行并发现了新大陆，改写了人类的历史。再后来，人类开始登上月球，并探索太空。

大一统之后的中国封建社会存续两千多年，稳定繁荣而且高度发达，然而从中国稳定的社会内部，并没有产生出耳目一新的、划时代的思想与技术。中国近现代的文明大都是舶来文明，美国近现代文明其实也是舶来文明，航海大发现促进了相距遥远的各民族之间互相交流，尽管开始时这种交流并不公平，甚至诉诸武力强迫推行，但是，毕竟这种来自最远方的交流，打破了地域的狭隘局限性。

学习谁都懂得，但是，向远方学习，并不是谁都懂得。学习到了一定程度总会遇到跳不出的时代局限性和地域局限性。学习最重要的是交流、碰撞与启迪，而非仅指对知识的掌握。在更远的世界、在更新的领域，存在着太多新鲜的、未知的事物与知识。不安于现状的批判精神和开拓进取的好奇心是走向远方的原始动力。

近观我们身边的人和事，国企改制、职工下海，某种意义上也是跳出小圈子、走向远景的可贵一步。走出国门，到海外留学、游学、考察，归来之后必不会再安于现状，谋求改变、追求超越的思想总会自然萌发。然而，现实中总有太多因素限制着我们走向远方、学习远方。打破僵局、突破局限，不仅要有求新的意识，还须具备果敢的魄力。

要想保持自身成长、不相对落后，就必须突破身边的藩篱、跳出周围的局限，向远方真诚地、谦虚地学习。提高与发展，多来自与最远方的交流。他山之石，可以攻玉。

2011 年 7 月 27 日

谈修养心性

命运多源自心性。命运不好，常常是因为心性不好。人要通过把握自己的心性来把握自己的命运，改善命运的根本在于修养心性。

修养心性的方法是在阅读中启迪、在交流中学习、在思考中反省、在实践中感悟。通过反复修炼、琢磨，使自己的心性像山一样坚定、如海一样宽广。

修养心性的途径常在于向自己求。孟子曰，反求诸己。人要不断向自己内心深处探求，去掉蒙蔽，开启心智，这是内心与外界的斗争，需要让内心战胜外界。

修养心性的关键还在于抗住干扰。心性的斗争常常是自身本真的心境与来自外界的干扰之间的斗争。外界的扰乱如同乌云遮住青天，如同灰尘掩盖明珠，如同斜风吹歪草木，混淆视听、扰乱心智。其实，不必相信自己的肉眼所见和两耳所闻，要转向去倾听自己内心深处最真实的声音！开启自己心灵的慧眼、心眼，用“心”去看，用“心”去听，用“心”去判断，而不为表象的所见所闻干扰。用我真实的心去感悟，一切自在心中！佛说五蕴皆空，西方哲人也说，要透过现象看本质。

心性如何转化到行为？内心感悟可以产生智慧，正确之知、智慧之知、理性之知，还要勇猛果敢实行之，这需要排除内心消极性情的干扰，不必担忧、犹豫、迟疑；另外，人的身与行，常因外界的干扰而生欲念、冲动，这些往往不成熟、不正确，也不稳健，需要用心性来约束、用理智来控制、用道德来引领。

修养心性，需要在心与性之间、智与行之间，打通一条桥梁或通道，那就是知与行的结合。

2014 年 5 月 25 日

养花即养心

花养得好坏，有时反映着心性。

花是情感的寄托。花的美让追求真善美的人喜爱养花。人养了花之后，物为心所有，花也成了人心性的一部分，所选之花也多是主人心性修养的外在反映，所以有君子爱梅兰竹菊之说。

我真正懂得养花是在有了自己的家庭之后。先有家，才有花，家中的花也让我感悟到花之盛衰常与家之盛衰相一致。

有一年，在我的家庭、事业最困难的阶段，家中的花也大都枯死了。其实，这些花是死于我偏激的心性：我给它们施化肥施得太多了。花缺少肥生长固然迟缓了些，但毕竟还能活得下去，而用肥过多则会置花于死地。欲速则不达、过犹而不及，最终是事与愿违！

生活也是如此。我偏激的心性反映在养花上，体现在工作生活中，进而影响着家庭的生活安排、投资理财以及对工作矛盾和人际关系的处理。自己爱走极端、不够沉稳、冒险而不顾风险。有个阶段，家庭、工作、生活的诸多方面，因为我的处理有失偏颇而事与愿违，心性的缺陷也通过这些事情而暴露无遗。好在我还算是一个能够自我反省批判的人。

家中所养之花，是家庭盛衰的表征，也是主人心灵的一面镜子。花的盛衰促使着我反省批判自己的心性：是勤奋、谨慎，还是懒散、偏激？养花让我真切地懂得了，做事一定要遵循事物自身的规律。是偏左、偏右还是走中庸之道？有时我看得很准，却做得并不到位。有时，也会不屑于中庸之道，但又在两点论与重点论之间把握不准。是养花让我感悟到：左的思想其实要不得。右的思想可能消极保守，但左的思想常常带有破坏性。人的心性，少年时易左，老年时易右，而正值壮年之时，则应当稳健！

看着家中的花，花虽不语，却也告诉了我：凡做事，须实事求是，切莫自以为是，不能想当然或仅从主观意愿出发。养花，其实也是在养心。

2011 年 6 月 29 日

坚守住最后一线生机

听说红豆杉能释放抗病的醇，改善家庭风水，我也买了一棵来养。可是后来，那棵红豆杉出现了一次命悬一线的危机，对家庭的改善我没有感觉到，倒是让我感受了一次对最后一线生机的坚守！

买回红豆杉后，我找了最好的花盆来配它，还特意从山村里找来土家肥和复合肥，带回家里给它施肥，盼着它快点长大，对它寄予了很高的希望。可能是我过于喜爱、过犹不及，施肥后的第二个星期，发现红豆杉的叶子、枝干居然全都干枯了。

看着自己精心照顾的红豆杉成了这个样子，我的心情很难过。其实，更让我难过的是我把红豆杉的枯萎和家庭的不幸联系在一起。我和妻子原本有一个幸福的家，却因为卖掉房子后买不起新房而带来了一连串的不幸，平时祝福身体健康、工作顺利、家庭幸福、恭喜发财的话，这时，在我这个家里都成了反着说！我们小两口暂居在亲戚的一小套闲置房里，贫贱夫妻百事哀，生活的窘迫让我们经常争吵，几乎到了散伙走人的地步。望着这座美丽却不属于自己的城市，人生再次陷入低谷，并且似乎看不到什么希望。

想到自己不科学的方法、弄巧成拙的行为，一系列事与愿违的结果令我悔恨不已。我开始否定自己的思想和做法，否定自己的性格和命运。人有时候不得不去相信命运，因为当不幸袭来时，我们个人是那么的渺小无力！也许只有时间能带走一切，也只能企盼时间能带来一切。在人生的低谷里，我唯有以对转机出现的希冀与梦想来煎熬度日，期待哪天会时来运转、柳暗花明！

我仍旧给红豆杉浇水，或许只是出于习惯，我并没有抱太大希望，只是觉得目前还没有拔掉它扔了的必要。

又过了两个星期，当我们再次抱着试试看的心态给红豆杉浇水时，妻子告诉我，红豆杉发芽了！我蹲下身子仔细观察，看到了几个很细小、很稚嫩的绿芽从红豆杉枯萎的根部长了出来，它居然活了过来！虽然只有几个嫩芽，并且是那样的微弱！

我庆幸自己没有放弃，也庆幸命运对红豆杉的垂青，如果当时红豆杉的不幸再稍大那么一点点，如果它没有挺过去，真的完全干透了，那也就再也没有以后了！就是这极其细微的嫩芽，让我看到了希望！

再后来，我们的家庭、心情也都好了起来，我们挺过了那段生活困苦的低谷，买了新房搬进新家，把这盆死而复生的红豆杉也搬了过去，和我们一起开始了新的生活。

红豆杉没有完全死掉，它的根还活着，它有根，有根就还会有发展！我相信，只要小树还活着，它的未来仍将枝繁叶茂！一棵小树苗是这样，其实，人生又何尝不是如此。有时候就得坚持住那最后一丝信念，把握住那最虚弱的一线生机。只要生命还在，心在还，未来就是不可估量的，而如果当时彻底放弃了，就永远不会再有将来！

我联想到了很多人和事。当年，曹操输得只剩下一把剑，但是失兵不失志，最终还是一展抱负，写出了"盈缩之期，不但在天"的感悟。红军万里长征，从30万人只剩下3万人，而幸亏还有这3万人，如果这支3万人的队伍也散了，那中国革命就没有未来了。这支衣衫褴褛的队伍，在极其艰苦卓绝的环境下，度过了最衰弱的阶段、走过了最困难的历程、熬过了最艰难的岁月，坚持住了！星星之火，可以燎原，最终走向了胜利！

万事万物的道理都是相通的，每个生命的历程，都会经历冬天和春天，都会有盛有衰，有落魄和腾达。生命的力量在于保持住那微弱的最后一口生气，在于保持住那根纤细的希望之丝不断，只要还有一线生机、一丝希望，未来仍会是十分美好的。

我不知道这棵红豆杉未来能否带给家庭富贵吉祥，至少它现在给了我人生的启迪与感悟！生命的可贵，在于坚守！

2010年7月11日

至少还有梦

人，从一无所有，到有所成就，再到变得一无所有，或许只剩下躯壳，生活总会遇到归零的情况。

命运有时总是让人事与愿违，但人生总还是要继续向前！只能说，一切都是身外之物，生活中的失去转化成心灵上的收获，摆脱了形式的事务的纠缠，在沉静中，我反而找回了真正的自己！我的时间不再被不情愿做的事情挤占，我的心情不再被没必要交的人扰乱。我明白了知止而后有定，定而后能虑，虑而后能得。独自一人走在山间的小路上，望着天空、山水、花草树木，走出自己围城般的心境，原来大自然是那么的美好！于是，我顿悟般地感觉到了生命的美好，即使我变得一无所有，至少我还活着！至少还有梦！

不论现实多么无奈，我从未放弃筹划未来，即便现实中的我一时还无法实现这些，这些美好的规划都还只是梦！但是，梦，可以冲淡不幸，让我生活在对未来的期待中；梦，可能会让我脱离现实，但毕竟，梦，也让我超越了现实。梦，就仿佛是黑夜里在远处指引着我的明灯。人，心中是需要光明的，梦，就像日月星辰一样，照亮了我的前程！

生活可以把我变得一无所有，只剩下梦，可我至少还有梦！在人生的路上，我依然努力前行，我一直坚信：有心有梦就有未来！

2010 年 6 月 22 日

关于心性的自我修炼

现实中的挫折失败，常会让我们触动灵魂地批判自己的心性。

自我坎陷是内圣外王之道。培养心理能量，谁都代替不了自己，修养心性只能自我求索。自我否定，就是自我发展。

其实，人人皆可为尧舜，关键在于开发自身巨大的潜能。有时在想，如果把当今的一个知识分子放回一千年前，那绝对是伟大的智者。其实，人还是那样的人，只是所受的教育有了巨大的进步。试想，我们超前一千年培养自己，又会是什么情形？历史阶段虽不可超越，但对自身的培养开发可以无限拓展提高。几千年来，人类的知识技能在变，而人性并没有变。

人都有慧根，智慧和灵感是需要开启的，开启智慧要由德开始，以德为本，进而开出智慧。荀子曰，“积善成德，神明自得，圣心备焉”。善，是德的方向，德，是慧的基石。

守住平常，也是智慧。“平常”二字内涵博大，平常的事物，因为最平常，所以最容易忽略，其实，平常最重要，就像阳光、空气和水，对于人来说，因为太平常了，所以根本感觉不到它们至关重要。生活也是这样，平常的状态，是很好的一种状态，不平常才是最需要警惕的。从这一点说开去，人需要斩断不好的意念，排除各种干扰，人需要自控，要有所为、有所不为，佛学中所谓“戒定慧”，有戒，才能定，有定才能悟，有悟才能生出智慧。

心性要刚强。人要如金刚，遇其所以当断，应如金刚一般当断必断；遇其所以当攻，而用心专攻，精诚所至、金石为开，切莫半途而废，心猿意马、一事无成。人性中可以有侠骨柔肠，但心志不能软弱，一时的心软，常可能是贻害无穷。心性中要磨炼去除掉一些不好的词汇，比如：保守、等靠、迟钝、犹豫、急躁、沉不下心、缺少耐性等。

自我修炼，养心为要。从心理上，应有自信和气势，气势就是人的傲骨，是梅竹般的情怀，由内到外、由心到相，培养气质。在心性养成上要具备那些正面的、积极的物质，比如：大胆、主动、敏锐、灵活、果断、耐性、从容和宽厚等。内心要很强大，而外在则还是要谨言慎行。

丰富内心、完善性情，才能走上内圣外王之道，并外延出幸福如意的人生。

2008 年 5 月

养心明志寻梦

王阳明先生曾说：相由心生。佛学有地藏本愿经，心愿是一切的发端。

所以，养心尤为重要。我们常讲人要心地善良，学艺要中得心源，心，是人之所以成长需要根植的土壤，人要像培育土壤一样滋养自己的心田。人生后天的事业，皆从心灵萌芽开始。个人后天身外的一切，也多来源于心，心为人本初的发端，一切从心开始。

养心从感悟着手。道在心悟，但向己求。人只有自我感悟了，外在的事物才能转化为内在的精神，才能真正成为心灵的能量。

志是养心的方向。有志之人，如大树参天，一直向上；无志之人，如灌木散乱，随意蔓延。人的自律来自志向。愿起一时，而志管长远。有志者事竟成，无志者浑噩一生。

人不可没有梦想。梦想是更遥远处、更理想化的志向。梦之于人，如日月星辰之于夜空，梦想不仅点缀生活，梦想还会驱除心灵的黑暗。梦在远方，风景亦在远方。人生活在现实之中，还应有一部分活在梦想之中。要坚信：有心有梦就有未来！

2013 年 6 月 17 日

如何改善命运?

命运中总有许多不可预知、不可把握的因素，那么，如何调理命运、改善命运?

影响命运的因素都有哪些？古人总结出：一命二运三风水四积阴德五读书。后来，又加上了：六名七相八敬神九交贵人十养生。影响命运的因素，既可以借鉴传统的唯心论，也可以参考现代的主观论，比如，经验认为：祖先的功德、前生的业力、出生地域、祖坟居家风水、积善与积恶，包括先天遗传，都是影响命运的神秘因素；从个人主观方面而言：努力程度、觉悟程度、文化素质、个人的信仰、修养、毅力、性格，包括家庭、交际，也都是影响命运的因素。

撇开唯物与唯心的争论，实际上，决定命运的因素是多元的，“时”和“地”是影响的两大客观因素，个性的积累是主观因素。改善命运，需要从以上诸多因素着手，通过主观努力使上述因素尽可能达到较为理想的程度，进而调理和改善原本看似偶然与不可知的命运。

中国的智慧讲究“天地人”三才。天时、地利、人和同样适用于命运。命运所讲的四柱八字，就是出生的天时。不可否认，每个人都是时代的产物，每个人的命运也都摆脱不了时代的大背景、大烙印。人所处的位置，在命理上称为“地”，这里可以引申为出生地、居家地、工作地等，所处的地理环境因素和环境决定着人的思想行为，这是不可否认的。改变命运，需要改变处境。“人”的因素是命理中的决定性因素，这里所说的“人”，不仅指命运本身所指向的个人，还包括与个人相关的人，比如：祖先、父母、夫妻、子女、伙伴、朋友等，也可以引申为人的结交圈。马克思有句至理名言：人的本质是社会关系的总和。祖先、父母、子女是个人难以选择的，但夫妻、伙伴、朋友是可以去选择的，改善人的社会关系是改善命运的主要途径。

《了凡四训》中指出了改变命运的四条法则：立命之学、改过之法、积善之法、谦德之效，这是古人长期的人生社会经验总结，也是个人主观上能够去做的改善命运之法。

人们常说，性格决定命运。性格又是怎么养成的？从改善性格的因素着手也是改善和把握命运的重要途径，个人通过主观努力改善命运的关键在于：努力读书学习、完善自身心性、改善习惯、提高觉悟、厚积功德。

2015 年 3 月 23 日

修身养性，改善命运

命运中总有很多不可预测、难以把握的因素，如何改善命运、把握命运？除了常说的读书、积德，还可以通过修身养性来改善，心性好、行为端，命运会平安、向好发展。

一、自持篇

自持，指通过自我把持、自身修炼使命运稳健发展，这是改善命运的自保、平稳阶段，自持可从以下几点做起：

一是若水。上善若水，就是像水一样柔，像水一样浸润万物，像水一样富于变化，像水一样处于低下。命理中，刚性是不好的，水与石相比，最后的结果却是水滴石穿，这就是刚与柔的力量对比，懂得以柔弱胜刚强的道理，就是具备了水一样的智慧。生命来自水，水无私地滋润了万物，生命体的大部分也都是水，懂得水、学习水，像水一样，会有善终的结果。水避高趋低行走，最终回归大海，而江海以下纳百川，最终成其大。

二是简少。凡事以简、少为原则。大道至简，浮华都不过是虚诞。为人要少心、少事、少言，持身要少欲，对人生的要求越简单、越少，反而越幸福。

三是因时。要相信时运，人既要知命，又要懂得因循时运而动。天地有四时，冬种夏收，夏种秋收，农业循时而作，人生做事业也要循时而动，时机不成熟，不妄动，耐心等待。很多机会都是等出来的，等的过程中又不失努力准备。该保守的时期要懂得收缩向内、潜居抱道，该进取的时期则要抓住机遇、勇猛精进。

四是糊涂。自持之中，难得糊涂。视听上有所闻有所不闻、有所见有所不见，甚至要做到充耳不闻、视而不见。凡事不必太认真，非有必要，很多事不必上心，以糊涂排除干扰，求心净、求旷达。

五是清净。为人要表里如一，表里俱澄澈，心就不会累。清净，本身就是一种美的状态，湖水因清净而美，心灵因清净而美，生活因清净而美。过于繁忙必不利于思考。“若无闲事挂心头，便是人间好时节”。有所为，有所不为，以身心清净求内心平静，人在平静之中，才会有深远的思考，有思考才有心得，才会产生智慧，用智慧进而改善人生。

六是守拙。大巧若拙，人的修行就是一个从拙到巧，再从巧到拙的过程。生活中有很多难以独善其身的情况是因为树欲静而风不止，木秀于林，风必摧之，人生最难防的是嫉妒，人无才能不足以成事，人有才能就必遭人忌。懂得守拙，防止嫉妒，保得人生平安，也是人生智慧。

七是平和。平和是一个好词汇，既包含了“平”，也包含了“和”。以平常心处世，从容地守住平淡，生活中能做到平，已经实属不易，生活中意外的灾难与不幸常常是防不胜防，平是常态，人生要先守平常而求不平常。“和”则指和谐、和气、不偏激，偏激者命运多不好；和为贵，求和之道颇似中庸之道，看清了事物的两面性，懂得了道理的两点论，而走一条有所权衡、有所侧重而又不失偏颇的路线，坚持矛盾论中的重点论，走理想化的折中道路，是处事的真谛。

八是积德。德是安身立命之本，德对命运有根本性、决定性的作用。道德的力量如同无形的自然法则，善恶有报，并非唯心。人生在世，如能时时处处广修善行、积善成德，则既能得道多助，又能福寿绵长。

二、去难篇

要改善命运，除了自持，还要防止和去除各种灾难。命运中的灾祸大都是意料之外的，似乎不可把握，如何通过自身的主观努力去化解灾厄、消灾免难，也是人生的必修课。

一是消业障。从唯心的角度讲，人生来就有业障，或是在后天的为人处事过程中积累下业障，业障在不知不觉中存在，业障会给人带来不好的结果，生活中的诸多不顺，有些是业障在无形中起作用。消除业障的方法是诚心悔过和积累功德。

二是好脾气。脾气好，命运就好，脾气影响婚姻家庭和事业，发脾气是人性中不好的成分在暴发。脾气大了，运气就差了，事业、财运、幸福都会受到不好的影响。己所不欲，勿施于人。

三是改过。人要学会经常对生活忏悔，对自己的过失真正认错，真诚地悔过，从自身做起，弃恶从善。改过，是人生顿悟的开始，改过是命运改善的新起点。

四是自律。自律是通向道德的大道。管住身、口、手、意，自律可以减少很多麻烦。慎独是自律的高境界。

五是宽容。宽容地对待人和事。饶恕别人的罪过，化敌为友，解除恩怨，自然减少了不少隐患。宽容更是一种美德，人有宽容之心才会产生幸福之感。

六是隐忍。能隐忍者能自安。学会隐忍自己不好的心性、欲念，为人处事不狂妄、不贪婪、不生气，学会以柔克刚，减少冲突。

七是谦虚。月亏则盈，月盈则亏，这是自然规律，人生也是如此，谦虚之心才有接纳的胸怀，谦虚之人才有进步的余地，自满之人难以再有发展，骄傲则往往是衰败的开始。

八是低下。处低则不易倒，自处低下可防止意外招来嫉妒。人若能以低下姿态为人处事，人生自然安稳少灾。江海以下纳百川，处下者，往往多得，示弱者常能胜强。古今豪杰，礼贤下士者，多能成就宏图大业。

九是沟通。很多误解与是非都是因为沟通交流不畅造成的，加强沟通能减少矛盾，进而避免矛盾的激化。

三、向好篇

人生除了做到自持、去难，使命运保持平安、稳定之外，还应从主观上通过改善和提高自身来努力使命运向好发展。可从以下这些方面做起：

一是心怀梦想。既面对现实，又超脱现实。人要有梦想，梦想是人生向上向好的动力，同时又是崇高精神生活的一部分。常发愿心，能增加心力，进而影响行为，并能带来现实的结果。

二是开启智慧。人生因智慧而高尚，富于智慧的人生懂得取舍、权衡、进退，让人生少留缺憾。智慧还能带来财富，财富能改善处境、实现想法。

三是大雅大俗。雅不离俗、俗不离雅。人生需要雅俗共赏、共存，既做到心灵上出世，又做到身体上入世，处理好理想人生与现实人生的关系，做到高尚但又不脱离群众，能与群众打成一片。

四是感恩。感恩是一种义，懂得感恩，才会在后续的人生中得到更多的恩，别人的恩惠常常是改善我们命运的机遇。

五是厚道。越厚道承载的福报越大。厚德载物，厚德载福，厚德承载着大事业。欲成大事，不可缺少大德，为人厚道是承载大德的心性基础。

六是释怀。放开心胸，开放头脑，解放思想，破除成见。要乐于接纳、接收新生事物和正确的思想。

七是善学习。古有读书改变命运，今有学习改变命运。学习是改善命运的重要途径。学习不仅仅指读书。学习是心灵上的开放与虚怀。学习可以是向书本学，向身边人学，向生活学。

八是善结交。结交往往改变命运。官能当多大，学问能做多高，钱能挣多少，常取决于结交的圈子。接触什么人，会成为什么人，想成为什么样的人，得先去结交什么样的人。

九是眼光好。看人做事，眼光要好。对事看得远、看得准，做事就能契合未来趋势对人看得准、看得深，交往就能避免遇人不淑、反受其害。

十是有耐性。命运总是垂青有耐性的人，有耐性才能坚持，有坚持才能成功。很多情况下，事情总是在再等一下、再坚持一会儿之后发生变化的。

十一是大格局。格局常常是人生发展的边界，格局大，发展才大，成就与收获才大。人要扩大格局，见识要广，胸怀和气量要大，处事标准要高。

十二是好习惯。性格分解之后，其实就是习惯。从大的方面说，性格决定命运，从细的方面说，习惯对命运是真正起实际作用的，注意习惯就是在积累命运。勤奋好学、不懒惰、不放纵、注重生活起居，都是好的习惯。

十三是勤奋。人生的众多小成就都是靠勤奋拼的，生活如逆水行舟，不勤奋便会退后。人生须以勤奋去赢得尊重。

十四是利生。多做利于他人、利于生命的事。不凶恶、不嗜杀、不害人，满怀救助之情，爱惜天地万物生灵。利生之人，天地自然爱之。

十五是贵在坚持。成就事业、实现心愿，需要长期坚持。人生很多失败不是因为出发点不好，而多是因为半途而废。很多情况下，能坚持住本身就是成功。

2017 年 11 月 28 日

助人与积德

助人积德就是在改善自己的命运。

命运是生命中个人较难把握的部分。人的命运都由哪些方面决定？古人总结为五个方面：一命二运三风水四积阴德五读书。积阴德用最通俗的话讲就是做好事不留姓名。雷锋同志做好事不留姓名，成为世人的好榜样，画像被千家万户挂到了墙上。用荀子的话讲就是“积善成德，而神明自得，圣心备焉”。雷锋同志用平凡的助人成就了当代的神话。

现在的人家也越来越意识到积德的重要。整个社会做慈善的、做公益的越来越多。把钱财留给子孙，子孙未必能守得住，不如积德给后世子孙，从唯心学的角度来谋求家族久远的繁荣昌盛。

助人与积德，本意是为别人好，不知不觉中对自身也好，保持一颗善心，既利于他人，又利于自身，如此双赢的事，真值得全社会形成共识、大力提倡，让国家、社会成为一个充满爱的世界，这将进而改善社会、国运，并使之走向繁荣昌盛。

2013 年 7 月 1 日

心量与福报

人生追求的本质目标是“福”，可是常常会发生偏移，失误多在中间求“福”的途径上。

年轻的时候，认为人要有才能，把增长才干作为首要任务。随着阅历的增加，感到交际重要，就去选择结交朋友。再往后，领悟到“德”是为人处世之本。人生的智慧不是聪明和才能，智慧需要从品德出发去开启，以智慧把握人生。再后来，常常感到命运并非个人主观努力所能掌握，于是，敬天畏命。

困厄之中，思索命运，寻求人生真谛，领悟出人还需要有坚韧的心性，心性坚毅才能与命运一争。

从修心养性感悟到，为人根本的是心量要大，品德与心量成正比，福报与心量成正比。

心要能承载命运的各种际遇，包容各类人和事，心如海天，海纳百川、包容万物、有容乃大，则福报无边。

2011 年 10 月

文化改变命运

人都渴望能够改变命运。改变命运的因素都有哪些？现实生活中，改变命运、拉开差距的常常是人的文化水平。

我装修房子那段时间，接触了不少农民工兄弟，有粉墙的、装吊顶的、安装水电的、搬家具的，说心里话，我也挺羡慕他们的，他们身体好、笑口常开，工作上累是累了点，但不像体制内上班的那么费心，有那么多约束。身体与心情不正是人生追求的两个重要方面吗？无所不谈中，他们给我印象最深的是都说过同样的话：“后悔当初没有好好读书！”其实，我心里也是这么想的！如果人生可以重来的话，再回到中学时代，我也一定好好读书，考名校、提高起点，不要像现在这样，在长期的基层锻炼过程中经受了那么多的困苦。

也许，这是大多数中国人的想法：通过考学改变命运。曾经一段时间里，我认为最能改变命运的就是考试，考上好的中学，意味着能够考上好的大学，考上好的大学就意味着能够找到好的工作。在我们这个有着科举传统的国度里，考试也确实在决定和改变着很多人的命运，高考、考研、考博、公务员考试……考得越高，走得也越高，考试与前途命运直接挂钩。

这或许并不公平。其实，人的整体素质本来差别不大，大家当初都是同学的时候，差别并不大，考试也只是差了那么几分，却因为那么几分，哪怕是一分居然就拉开了人生命运的差距。差之毫厘，谬以千里。这话说得没错，不过用在人身上，就似乎残酷了些。

好在生活会慢慢扯平这一切。考上好大学的并不一定比考上差大学的过得好，考上大学的并不一定比小学就辍学的过得好，靠智力吃饭的并不一定比靠体力吃饭的过得好。没读几天书的人，早早结婚生子、成家立业了，而读到博士的人还在为婚姻而困惑，本来挺好的一个人却因为读书读得快成不了家了……原来，也是知识改变了命运！最终，生活又会慢慢公平地对待每个人。

有些时候，我们要静下来扪心自问：我们的人生，真正想要的是什么？人在互相羡慕的时候，都容易忘记自己拥有的，人在自我得意的时候，又容易忽略自己失去的。考试改变的命运，是外在的，比如，所谓的名誉、地位、身份，但这些并非生活本身；而文化改变命运，是内在的，改变着人对生命、生活的深刻感悟与认知，改变着人服务国家社会的情怀与能力。我们可以遗憾错过考试，但决不能再遗憾错过文化。

翻开历史，有多少人金榜题名一时春风得意，却最终陷入繁文缛节、庸俗事务，一生毫无建树！又有多少名落孙山的莘莘学子，虽一时很不得志，却始终不甘平庸，自我图强、一生勤奋，终成千秋故事！我们很难说出几个明清状元的名字，但是，孙中山、洪秀全、袁世凯、顾炎武、曹雪芹、黄宗羲、蒲松龄……这些落第秀才的名字却让人永久敬仰。有道是，金榜题名无建树，落第秀才成大事。考试与文化的辩证关系，也不言而喻。

文化一直都在改变着命运。生活中，有多少一事无成者，在回首年少时，都后悔当初没有好好读书。人可以用文化去赢得考试，但如果错过了考试，仍不能停止提高文化。没文化才真正可怕。有了文化，就有了真正能够改变命运的内在力量。

青年时，改变命运的是考试，而最终改变命运的是文化。可以去后悔年轻时没有好好学习，而更重要的是，一生都要坚持好好学习。

2017 年 6 月 9 日

对命运感悟的四个阶段

每个人都想改善命运，对命运的探索也从未停止过，有的通过读书考试改变命运，有的通过结交权贵改变命运，有的通过修炼心性改变命运，有的通过积德行善改变命运。对于影响命运的因素，在认识上随着年龄的增长、阅历的积累而不断深入，大致可分为四个阶段：才能阶段、人际阶段、心性阶段、道德阶段。

人在年轻时通常认为决定命运的是才能；融入社会之后，又认为人际关系也很重要；再后来，会反思出性格决定命运，人的心性也很重要；人到中年以后，逐步看透人生，从三十学儒、四十学道到五十知天命，对于命运会在道德层面有更深的认识。

在才能阶段，认为人生成功主要靠才能，在这个认识层面的多为年轻人，他们常常会通过努力学习成才来改善命运。的确，才能是改善命运的基础，不过，有才能并不一定能成功，仅仅认识到才能对于人生重要，还只是对命运感悟的初级阶段。

当个人的才能发展受到局限，会开始认识到人的社会性的重要。才能是改善命运的内因，但事物的成就不仅需要内因，还需要外部的客观因素，于是，人对改善命运的努力方向，也会由内转向外，懂得结交人，甚至去求人，这时，对命运的认识就不觉中转到了人际阶段。

人际关系对命运有着直接的影响，因为人都是社会的人，人的本质就是其社会关系的总和。某种意义上说，人去选择环境、选择结交，也就选择了人生的广度和事业的高度。然而，就像人的才能发展会受到局限一样，人的交际也会有局限。固然，想成为什么样的人，需要结交什么样的人，但同时，物以类聚，人以群分，自身是什么样的人，也只能结交什么样的人。当人际关系难以突破进展时，人又会转向自身，向内求，反求诸己，毕竟，人的结交受自身条件制约，弱国无外交，无实力则无结交力，于是，自身的修炼又成为由内向外突破不可跨越的不二法门。

认识到心性决定命运，往往是人生从内向外改善命运的二次升华阶段。修身养性多是在人生的重要阶段经历的一段磨砺时期。心性修炼最重要的有两个方面：一是坚韧，二是心量。人生辉煌无不是从艰难困苦中磨砺而出的，人只有在困厄之中才会深刻地思索命运，才会有所感悟；人有了坚韧的心性，才能与命运抗争并战胜命运，而不至于随波逐流或自甘沉沦；心量决定着人的承载与包容，心量也影响着道德，心量要如海天，海纳百川、虚怀若谷，心量大，福报才大。

当心性成熟到一定阶段，当人生中主观能努力的都已经做到、个人潜力仿佛挖掘殆尽以后，人往往只能是“尽人事，听天命”。人生努力了，剩下的交给命运去决定。对命运的抗争，个人在不可知的因素面前，显得渺小而无力。勉强改变是很难的，人又不得不去相信命运，敬畏天命。

人对于命运也并非无能为力，命运是可以从主观上调理改善的。古人云：一命二运三风水四积阴德五读书。随着人改善命运的努力，客观也会随着主观而变化，这个变化就是内化，特别是道德层面的内化，于是，人对于命运的认识，会从读书成才、修养心性逐步上升到遵守天道人伦的道德层面。

道德，包含了对道的理解与遵循，以及对德的作用的承认与实践。简而言之，“道”是自然、人文的抽象规律性，“德”是人之所以为人的具体要求。道德是个宏大的概念，大到难以用语言具体准确地表述。做事要遵循道德，其实就是要合乎规律性，合乎自然的规律性、社会的规律性、人性的规律性。“德”就是人的思想行为对于“道”的良好契合，合于道者为德，不合于道者为误。

在道德层面对命运的认识是认识命运的较高阶段。深刻感悟道德，忠诚遵循道德，我们的命运将会在人生轨道上更加稳健正常地运行，得道多助，厚德载物。

涉世之初，通常会认为才能重要，再后来会认识到人际重要、心性重要、道德重要，到头来，还是命运重要。人生要懂得调理命运，敬天畏命。

2011 年 10 月 12 日

人生走向成功需要把握的几个方面

在部队时，上过一节励志的课，根据当时的笔记，把授课提纲整理成文。人生走向成功需要把握好以下几个方面：

第一是要树立理想和目标。人的理想是管根本的，人首要的是要有远大的理想，要大胆想象并给自己设计一个成功人生的蓝图，按着这个理想化的规划去走，有些目标不一定能实现，有的实现时还会打折，但即便是在实现程度上有些差距，也总比没有目标好得多，所以人一定要及时给自己制定明确的目标。再就是要明确发展方向，方向一定不能错，方向问题也是首要问题。另外，对自己要有合适的定位，不切合实际的、根本实现不了的理想，不能叫作目标。

第二是要有所专长。工作上要做到出类拔萃，力争第起码要进入本领域前十的行列，不然就很难出头。另外就是要用心掌握本行业的每个细节，成为本领域的行家能手，这是安身立命的本钱。

第三是要认真对待自己。人要看重自己，注意从这五个方面塑造自己：一是做自己感兴趣的事业；二是发挥自己内在的创造力，要学会解决难题、克服障碍达到目标；三是活到老、学到老、改造到老，不断提高才能和本领；四是给自己树立做人做事可信可靠的声誉；五是要自律，自律是走向成功的重要品质。

第四是注重结交人。一是要认识到结交很重要。热诚地服务他人是一个人走向成功的起点；二是要懂得与值得结交的人相处，在人生的每个阶段，身边都会有有成就的人，向身边人学习是最直接、影响力最深的，要懂得珍惜身边的人；三是对人对己都要真诚，真诚总与成功相伴而行。

第五是独立自主。要做自己的主人，设法自主掌控自己的职业和生活，命运在于选择，要把命运掌握在自己手中，“永葆独立自由之精神”，人不独立就容易失去自我，人不自由，也是很可悲的事，但自由是需要能力作保障的。

第六是要珍惜时间。时间是生命的载体，做成任何事情都是需要时间去积累的，为此，一是要安排好自己的时间，在工作上要更努力、工作的时间要更长；二是要分清主次、集中精力，把每天的关键时间和主要精力投入到最重要的事情中去。

第七是健康第一。要倍加重视一个健康的身心，身体是革命的本钱，这是一句老话，也是朴实而重要的一句话。工作生活中要保持旺盛的精力、昂扬的精神状态，需要健康的身体作基础。诸葛亮有句名言："险躁则不能冶性，淫漫则不能励精"。年轻时期，精力容易分散，要把心思专注到学习和正事上来。还有就是，健康也是人生第一幸福。

2009 年 6 月 12 日

培养素质的几条途径

素质与能力相比，素质更基础、更长远，培养素质比培养能力更难，如何培养和提高自身的素质？

对常人而言，素质大致可分为身体素质、心理素质、文化素质、业务素质，培养素质可从以下几个方面努力：

第一是保持身心健康。强健的身体是一个人综合素质的物质载体，要客观承认人的生物属性；要热爱体育运动，坚持体能锻炼，同时，也要注意大脑与精神的健康，讲究作息睡眠与接收外界信息同样重要；另外，还要保持开朗的心胸，多与人交流，要到人群中去，切勿孤僻。

第二，注重点滴和长期的性格磨炼。性格是素质的外在特征。优良性格的形成需要对人的天分进行理性的磨炼，要保持平淡从容的心态，稳重与坚韧是优良的性格特质，要提高控制情绪的能力，遇事要从后果出发，反向思维，防范情绪风暴。言语上以少说为佳，“口开神气散，舌动是非生”。

第三，看重实践、行为、阅历对人的影响。这些影响远大于书本和语言的影响。要大胆、果敢、主动地去丰富自己的实践经历，要始终保持好奇心，心胸要开放，主动向外伸张自己。事情要做起来，人要动起来，不要怕错，要多做事，丰富的经历可以提高内在的素质，同时经历本身就是一种宝贵的素养。

第四，多与人倾心交流。交流是书本以外的学习，多与高于自己的人交流，要多与年长者谈心交心，要甘当有专长者的听众，真正谦虚地用心去倾听，常会有“听君一席话，胜读十年书”的收获感，人是社会的人，要善于在别人好的影响下逐渐提高思想认识水平。

第五，善于在生活中感悟和总结。生活中的现实都有其存在的理由，是非都是由人或理论去评价的，评判不客观多是因为参照系的偏狭所致。实际生活中，要有自己独立的判断，实践是检验真理的标准。现实不一定是最对的，但一定是最真的，要更倾向于通过对实践的感悟和总结来重新树立自己的理论与标准体系。

第六，勤于通过学习完善自身知识结构。素质与知识能力有一定的区别，知识结构可以对内在素质有一定的优化作用。知识结构宜既宽且专。学习应该是既博又专的，学习不广博不足以提高文化素质，但如若不专深又不足以提高业务素质。

2005年5月15日

读范蠡传有感

范蠡年轻时就学富五车，并精通剑法，这说明他是一个志存高远并且一直在为志向而准备本领的人。这是他一生成就事业的知识和精神基础。

范蠡遇见文种，是他一生的良师益友。历史上，大凡有所成就者都有一定的机遇。良禽择木而栖，良将择主而事。知遇之恩，以事业相报。

投奔勾践、攀龙附凤，一介贫士才算踏上了历史的舞台。越国虽为破败之国，但有一个国家做平台，才有了范蠡一展才华的机会。

谋略和城府是成就事业的能力基础和性格基础。范蠡与勾践同甘共苦，三年屈身为奴，又经过“十年反省，十年生聚”，用了二十年的时间终于反败为胜、打败吴国、称霸诸侯。二十年含辛茹苦，漫长地苦苦等待时机，只有深深懂得事物的博弈消长、盈亏起伏道理的圣人才能有此意志。

中国历史上，能成就大业者大有人在，然而能从为学、为政到为商，成功转变、善始善终者却首推范蠡。范公深谙事物盛衰的哲理，功成身退，不贪恋权势，理智地做出急流勇退的重大抉择。看透、放下、自在、随缘。留得身家性命在，自能千金散尽还复来。善终比善始更重要。

范公一生，能为国家做大事，能为自己建功业，能著书立说，又能生产经营、富甲一方，爱江山爱美人，可谓达到了人生的极致。为自己而活，不为王侯而失去对自我的主导权，把人生的价值和幸福把握在自己手中。“生命诚可贵，爱情价更高。若为自由故，二者皆可抛。”其实，生命、情感、自由三者都可以不抛，都可以完全把握在自己的手中。把命运掌握在自己手中，关键是要有大智大勇。

范公一生最让人敬佩之处在于两辞相印、三散资财，而又凭借德才智慧成为一方巨贾。作为儒商圣祖，范公的经营方略在于重视商业，并且做任何事都能选准时机、地点，把事物的哲理、规律运用到人生和经营当中。其实，把握了哲理、规律就等于把握了一切。

世人所敬仰者有治国安邦者、能征善战者、位居高位者、富甲一方者、淡泊名利者，范公集此大成于一身，实为古今完人、十大智者，被百姓敬为文财神也就理所当然了。

读范蠡传的感悟总体可归结为几句话：才学意志是根本，良师益友是机遇，国家危难是平台。范公能做到兴国安邦、弃官经商、富甲天下、著书立说、千古流芳，真为人中圣贤、世之楷模！

2011 年 6 月 29 日

范蠡思想与炒股

范蠡是谋略家，被历代奉为商圣、文财神，其思想对炒股也有一定启示，炒股票的本质也是交易。

范蠡共患难而不同富贵。人之交往，贫贱之交莫相忘，常会报以厚恩，而富贵之时彼此间更多的则是争斗，这是人性。人性会体现在股市里，就会表现为股性，买股票要买好股，并且要在它虽具潜力却处最低谷的时候买进和持有，好股往往是最容易受打压的，因为好股有利可图，庄家要吸筹，好股常常反而会被打压成绩优垃圾股，但即便如此，还是要坚信地知遇优质股，在它价格最低的时候，收留它、持有它、看好它，一旦春暖花开，时来运转，绩优股是会一飞冲天、一鸣惊人的。值得警醒的是，一旦股价炒高之后，就该问自己，是不是该急流勇退了？好股总是厚报处于波谷时买进的患难之交，但是，当好股在波峰时、人气最旺时，是感受不到众多追捧者中普通的一个持有者的，这时再追高，带来的常常是伤害。

忍耐是成就事业必备的性格因素。范蠡等待时机的耐性古往今来难有几人能比。越国灭吴，除了三年称臣为奴，还有“十年教训，十年生聚”的自我修炼，二十几年的忍耐压抑与苦苦等待，终于一朝厚积薄发、势不可挡、称霸华夏。炒股又何尝不是这样？以战略的眼光，长年累月地潜伏，等待时机、伺机而动，方能稳操胜券，赢得成功。

范蠡认同“道、气、恒、常”，主张“持盈、定倾、节事”。道，是事物自身的规律，人必须顺应天道、人道。股市里大盘有其自身的规律，不以个人意志为转移，谁也左右不了局势，谁也改变不了大盘，只能顺势而为。“恒”与“常”都是人应坚守的定力与原则，不为外物所扰动，这样才不会迷失自我。股市里能做到不随波逐流才是真正的中流砥柱。“持盈”与“节事”也是一种很高的境界，人不能让得意冲昏了头脑，懂得节制、势不用尽，是大智慧。范蠡功高盖主，却急流勇退，避免了和文种一样被杀的下场，这与范蠡“持盈、节事”的思想是分不开的。盈时思亏、居安思危、有所节制、知进知退，时刻不忘忧患意识，才能善始善终。股市的下跌多是断崖式的，不少风光者的人生也是断崖式的，炒股也存在赚钱容易善终难的问题，不论是曾赚过多少钱，笑到最后、结局理想才是最重要的。

范蠡用智慧辅佐越王勾践，卧薪尝胆，实现了“有心人天不负，三千越甲终吞吴”的神话，退隐后又揣摩经商之道，成为一代巨贾，范公本人也是自古开国功臣中善始善终的范例。

2011 年 6 月 4 日

《孙子兵法》《道德经》与股市哲理

在斗争最激烈的地方，也是穷极人性与智慧的地方。几百年的诸侯争霸，产生出一部《孙子兵法》，春秋无义战，故老子作《道德经》，把这两书与当代血腥的股市联系在一起，虽然时空上跨越千年，但在人性与智慧层面，则是如出一辙。

先为不可胜而后求胜。安全总是第一位的，先会保存自己，之后才能去想着消灭敌人。股市里，首要考虑的不是赚钱，而是风险。《孙子兵法》云："先为不可胜，而待敌之可胜，不可胜在己，可胜在敌。"这是因敌制胜的法宝：保全自身，等待时机。

所以，战场、政治、股市，最需要学会的都是耐心。看谁更有耐心等待时机，机会只能等，股市里有时需要用几年的时间去等待大盘或个股跌出的机会，机会总是会有的，但要在等待中发现。

懂得孙子兵法，先为不可胜，而后求胜的道理后，在股市里懂得自保可以不赔钱了。空仓是最安全的，不为小利而扰，静观其变，待机而动。空，是一种很高的境界。股市里，善于并长期空仓者才是真正的高手。空仓、不买就不会随波逐流、身不由己，就不会挨跌挨套。佛学里把空作为一种很高的境界，色即是空，遁入空门，进入空灵的境界等。能保持空的境界，身在五行中，心在三界外，实际上很难。空，如同无为，有时，能做到空而无为是很难的。炒股，难在空仓。人往往过不了自己的心性关。其实，能做到手中有股、心中无股，做到大部分时间是空而不为的，才是真正的高人。

股市如战场，人在股市需要具备指战员的优秀品质。侦察和情报信息是决策的基础，战场上的机会要靠敏锐的判断力去发现，机会转瞬即逝，下决心一定要快，分秒必争并迅速付诸行动。敏锐、果断、迅猛是炒股的必备品性；犹豫不决、一厢情愿、消极被动、主观臆断都是炒股的大敌。该取时，务必取！形势不妙时，三十六计，走为上计！

军事辩证法是敌对双方的斗争，股市里是散户与庄家之间的智勇博弈。对散户而言，庄家就是敌人，一定要树立敌情意识。对方的做法总是欲盖弥彰，将欲夺之，必先予之，自己要知其白，守其黑。庄家让散户赚小利，是为了让他们赔大钱。股市本来是投资集资的平台，实际上，由于人性，变成了大鱼吃小鱼的丛林和江湖。

庄家为了吸筹，让本该涨得好的股票反而一直跌，散户判不明庄家的意图，经不起庄家的恐吓震撼，经常为表象所迷惑，怎能不成为庄家的鱼肉！正所谓“兵者，诡道也！”兵以诈立。

兵贵胜，不贵久。股市一定要快进快出，浸泡在股市过久必定赔钱。战争中的原则，打得过就打，打不过就走，如果在坚城之下，久攻不下，则必定钝兵挫锐，结局是“虽有智者，不能善其后也”。股市里，操作一波行情，也只能是有限目标，懂得适可而止，切不可贪婪而不知止赢，这就如同战争必须是有限战争，否则就会被拖进战争的泥潭，穷兵蘇武，好战必亡！在具体战术上，对待个股，就如同鳄鱼捕杀角马、老鹰抓鱼，经过长时间充分的观察和等待，突然以迅雷不及掩耳之势出击，并在获得猎物后马上离开。如果缺少食肉动物的野性，比如：隐蔽、迅猛、耐性，则是不适合在股市里搏杀的。

自胜者强。做事，成功在于方法，而失败总能从自身找到原因。炒股仅有好的心愿与热情是远远不够的。天若有情天亦老，人间正道是沧桑。还必须通过自我的改变去适应无情的市场，战胜自己心性的弱点缺陷，具备超乎常人的智慧和心性，才能在股市凶险的搏杀中稳操胜券。

而学透道德经后，通晓盈缩之期，在股市里则可以懂得赚钱之道了。万物同理。

咎莫大于欲得。散户入市，想获得公司的赢利，但螳螂捕蝉，黄雀在后，庄家会来搅局，将欲歙之，必固张之，将欲夺之，必固与之，以乱象愚弄散户，好股反而在跌，涨时本该介入，不料实际上却是庄家在出货、诱散户接盘。散户常被机构庄家做局杀得血本无归，如《道德经》中所言：天之道，损有余而初不足；人之道，损不足而补有余。股市变成了弱肉强食的丛林。财富反而从穷人向富人聚集。天下本清静，有人争利，就变得复杂多事了，诡计四起，道德沦丧。《道德经》其实就是春秋无义战的乱局里一部呼唤道德的经典。股市里同样需要道德，因为股市里缺少道德。

从大河的流动这些自然道理中去领悟股市，从四时变动、明暗往复的《周易》哲理去把握股市。大江大河，九曲回肠，避高趋下，既不可能一直向左，也不可能一直向右，总是右极必左，左极必右。大盘也是如此，涨不动就回头向下跌，跌不动就向上涨，能涨则继续涨，能跌则继续跌，但又不会持续走向极端，而是物极必反。一年有四时春夏秋冬，股市有冷暖起浮，须待时而动。在股市的赔与赚，就如同事物的两面，赚过之后，就必然是赔，赔过之后，也必然会有赚，重要的是要踏准节奏，使赚多赔少。赢利要如同水车一样，及时从河水中取出流走，否则到头来都只是徒劳一场。

唯有反其道而行之。保持内心的稳定，因敌而化，处变不惊。一阴一阳之谓道。万物负阴而抱阳，懂得阴阳相反相成的规律，准确把握波动的节奏，最终能进退有节，知足而富。

凡事不折腾。治大国若烹小鲜。穷折腾，折腾穷。炒股不能过频，一年入市三五回，一波买卖三五回，足够了。春播而夏收，切不可急于求成。

有生于无。财富的根源从人的心中来。有了机敏的智慧和稳健的心性，财富是可以无中生有的。

在股市里，你很可能赚不到钱，但在股市里，一定可以让你的心智得到充分的磨炼。

2011 年 7 月 5 日

评论曹操

评论曹操需要跳出《三国演义》中的成见，重新冷静客观地看待。

对曹操的评价有两点需要重新审视：其一，曹操因为三国而出名，也因为三国而受辱；其二，曹操是位英雄，而不是奸雄。

首先说曹操的名声，是成也三国，败也三国。

曹操是位政治家、军事家、文学家、书法家，在中国历代群雄中算是很难得的一位全才。其实，翻开中国历史，在乱世之中，割据一方、称雄一时的英雄人物大有人在，前有东周列国群雄逐鹿中原，后有南北朝群雄并起，五代十国时期，宋齐梁陈的每一位开国君王都是文韬武略，如萧衍、刘骏，不仅善于治国、用兵，诗文书法也都很出众，只是他们的故事缺少《三国演义》这样家喻户晓的文学载体，并没有在民间广为流传。

同时，也正是《三国演义》中的汉室正统思想，贬低了曹操的功德。《三国演义》成功地塑造了几位百姓心中的榜样：神机妙算的诸葛亮、忠义的武圣关羽，他们都成了庙里百姓供奉的神。三国小说通篇主题思想是扬汉抑曹，小说剧情中为了突出人物特性，带着成见写曹操，夸大了曹操不良的个性，或者有意安排曹操担任“奸雄”这一衬托角色。

其次，再作评论，曹操实际上是位英雄，而非奸臣。三国故事，如果换个角度看曹操，曹操其实不坏，理由至少有四点：

一是曹操一生坚决不称帝。曹操功高盖主，但坚持不称帝，除了政治智慧与礼法大义，其在人格上也是难能可贵的。挟天子以令诸侯的事，在春秋战国就已经是大国诸侯的惯用伎俩，而并非曹操专属的策略与手段。曹操心中的楷模是周公，曹操更多的是英雄情怀，于公为匡扶天下，于己为青史留名。

曹操非但不奸，实为忠义之士。三国诸将，最忠义的是关公，为万世武圣，三国群雄当中，能与关公肝胆相照的，除了刘备就是曹操了。关羽降曹，曹操在许昌待关羽甚厚，只不过刘备先于曹操与关羽桃园结义，关羽一臣不事二主，非要千里走单骑。三国后期，关羽败走麦城，尸首两处，最后以兄弟之礼厚葬关羽的也是曹操。

二是曹操有爱惜人才的胸怀。三国当中，魏国将帅最多，并且曹操麾下名将多为降将。曹操求贤若渴，多次发布求贤令，唯才是举、礼贤下士，而吴国、蜀国将帅多为王室近亲。曹操不仅爱惜武将，还爱惜文人书家，重用大书法家钟繇，重金赎回中国四大才女之一的蔡文姬，支持文人书家创新文化，推动了建安文学，在诗文、书法上开创了乱世之中的一个新高峰。曹操没有杀对他出尔反尔的刘备，也没有杀弃他而去的关羽，他不但敬重刘关二人，对孙权也很敬重，叹言“生子当如孙仲谋！”官渡之战后，曹操下令烧掉部属通敌的信件。曹操文韬武略、胸怀大度，其政治、军鄢文学修养远胜过孙权、刘备。

三是为官正义。曹操与董卓不共戴天，冒险刺杀董卓，落得个一路逃亡。董卓是奸臣，天下共贼。与董卓誓不两立、敢于为汉室除害的曹操就不能说是奸臣。曹操自幼有豪侠之气，敢于挺身而出、为民除害，曾行刺中常侍张让、棒杀皇帝的叔父、惩办地方豪强。曹操一生慨叹汉末社会黑暗，痛恨权贵贪腐，在诗中讥讽这些人是“尔沐猴冠戴”，不愿与之同流合污，甚至有弃官归田的隐居经历。

四是同情百姓疾苦。曹操有忧国忧民的情怀，其诗文雄沉悲凉，曹操在《蒿里行》中写道：“白骨露于野，千里无鸡鸣。生民百遗一，念之断人肠。”曹操为官期间，体恤百姓，实行屯田制，兴修水利，安抚流民，减轻赋税，对稳定发展中国北方经济做出了贡献。曹操本人一生勤俭，力戒奢华，汉墓之中，曹操的殡葬恐怕也是最节俭的。

如果能跳出《三国演义》中虚构、夸大的成分，重读《三国志》，或者换一个角度、去掉成见看待曹操，会重新认识一个更客观、更真实的英雄曹操。

2009 年 2 月 8 日

不做李商隐

唐朝李商隐的诗，文如其人，里边有太多的才气，有太多的抱负，也有太多的无奈和深沉的悲凉："此情可待成追忆，只是当时已惘然。""春蚕到死丝方尽，蜡炬成灰泪始干。"

李商隐的心境是高远的，但唐朝时政的腐败只能让他在不得志中抑郁一生，以笔倾诉："芭蕉不展丁香结，同向春风各自愁。"思想者往往是痛苦的，古今中外莫不如此，因为痛苦而思想，又因为思想而痛苦。思想者的人生境界崇高，但现实往往并不如意。"一生襟抱未曾开，虚付凌云万丈才"，这是对李商隐的写照与叹惋！

不要做李商隐。作为读书人，既然"内圣"，就应"外王"，士人不能在悲情中独自叹惋一生，要在向外发扬伸展中充实一生。有一个问题需要解决：在现实社会中，对"内圣外王"要有恰当的理解与定位。

抱怨，可能是中国文人的通病。社会是应该去改善的，而不应是去抱怨的。牢骚太盛防肠断，风物长宜放眼量。哪怕是再黑暗的社会，人的生活总还是要继续，仅有抱怨不能解决问题。纵观人类历史，不如人意是其常态。河流总是弯曲的，但青山遮不住，毕竟东流去。社会现实也需要以从容的心态对待。丛林法则，适者生存，这是永恒的法则。中西方人文的差异，就在于中国文人总喜欢抱怨丛林不正义，以弱者的立场去看待丛林如何不公，而西方人则提倡征服，成为丛林的强者，去主导丛林。在不如意的现实社会中如何生存发展、发挥影响，是每一位儒者必须稳妥面对的问题。士不可以不弘毅。儒士不能在扼腕怨叹中蹉跎一生，而要在独善其身中追求内圣外王。

读书人因为明事理知礼义，能以正义者的立场立身处世、以超脱者的眼光看待人事，常会愤世嫉俗。随着涉世渐深，适者生存的观念却开始深入我心，不知道是我适应了环境还是环境同化了我，转化之中，我不再责备晚清、民国时期那些大奸大雄的人，曾国藩、左宗棠、李鸿章、袁世凯、段祺瑞等，反而心生敬重与理解，可想而知，他们当时的生存环境是多么的不容易，国家内忧外患，清廷腐败不堪，他们个人还能生存发展、一展抱负，为国家、民众做了些事，实属不易，这需要人生智慧。

不做李商隐，可学周敦颐，出淤泥而不染，濯清涟而不妖，既要才高八斗，又要经世致用，不枉一生，真正做到：修身齐家治国，立功立德立言。

2012年农历正月初七

王者风范

一提到“王者风范”，也许有人就会想到历史上那些称王称霸的人，气势逼人、傲视群雄；或者会想到动物界的狮虎鹰龙，威风凛凛、杀气腾腾。而现实中的王者，并非想象中的那样，风范朴素而且亲民可敬。

单位驻地边上的广利庙里边供奉着五代十国时期闽国的开创者王审知的雕像。在庙宇的走廊，挂有十幅记载闽王事迹的字画。记得第一幅为“扶母投军”，古人百善孝为先，这一事迹就排在了第一幅；还有几幅分别为：“除暴安良”“扶助农桑”“招贤兴学”“海外通商”“大兴禅寺”“百世流芳”等。作为福建八闽的开创者，王审知是一位很有作为的王者，历史在评价他的时，用了四个字“勤谨纯朴”，这就是一代开闽王的王者风范。

据五代史记载，王审知处理政务很用心，但生活很节俭，常着木履麻衣、住茅屋，雨漏才修葺。对民轻徭薄赋、体恤民生。生活中兄弟和睦，兄弟犯错犹严格管教……作为八闽大地的开创者，王审知凭着“勤谨纯朴”的作风，从一位农民成长为一方诸侯，用史书的话讲：“起于陇，而至富贵”，开创了一方功业。

我们都羡慕王者风范，其实什么是真正的王者风范？我想古圣先贤给我们做了很好的榜样，王者风范并不是高人一等，真正的王者都知低调，真正伟大的王者，也不一定在于有多么超众的能力，而是对自己的人民有一颗真正的爱心！

所谓“王者”，当有护国庇民的胸怀，危难之秋做出一番可贵的事业；所谓“风范”，当有高风亮节之品格，亲民、淳朴，为后世树立可效仿的典范。

2009 年 7 月 16 日

从《太平轮》与《泰坦尼克号》看东西方人性

前段时间，《太平轮》热播，金城武与章子怡的演艺再次赢得了众多影迷的追捧，片中东方明星大牌云集，影片的制作技术也有很大提高，不难看出中国电影界向西方大片靠拢的努力。看过之后，为之欣喜。然而，回想数年前西方的沉船题材大片，不论是老版的《铁达尼号》，还是莱昂纳多与凯特·温斯莱特演绎的新版爱情大片《泰坦尼克号》，几部东西方影片虽然对人性刻画的努力相同，但在灾难面前反映出的人性东西方却截然不同，给人的教育效果也大不相同，使我沉痛地感到：饱经战争之苦的旧中国，缺少爱与宽容。

爱与宽容，这可能是一直出现在西方《圣经》教义中的词汇。爱与宽容对人性非常重要，哪怕是对于一个国家、一个民族，也都十分重要。它不仅是人性层面的文化，而且影响到政治，甚至关乎一个国家民族的盛衰。

在《太平轮》中，它宣传的爱不是广义的大爱，而只是爱情，爱情与信念支撑着一个人努力活下去，度过各种艰难困苦。我这里并没有诋毁《太平轮》的意思，只是出于影评，我当然要持一家之言并尽量客观全面地评述这部作品。《太平轮》的制作水平、艺术魅力无可厚非，中国电影走到今天能有如此的成就，作为一个中国人由衷感到欣慰。只是，当我看到太平轮沉船后，漂落在水里的人们你死我活地争抢救生衣时，我陷入了沉思。这与《坦泰尼克号》里：船员们镇定有序、让妇女儿童优先上救生艇的场景截然相反。东西方人性的差异也在这里表现得深刻而又透彻。

真实的太平轮沉没，海难发生时的真实细节不得而知，且不说电影《太平轮》里的一些场景是否完全真实，我想有一些情景应该是幸存者后来的回忆，应当确有此事：国民党的一些官员们坐在头等舱里，国难当头，他们仍然有酒有肉，伤兵们只能挤在甲板上挨饿受冻。人多船少，生存空间上的狭小，使心灵空间上也不可能有什么宽容；船沉之后，求生的欲望暴露着人性的本能，然而，去抢别人的救生衣，甚至去抢妇女儿童的救生衣，这在西方电影《坦泰尼克号》里是没有的，或者说那是影视作品里不容出现的，至少说，这不符合教义，会有负面的影响，用我们当代的话说，不符合主旋律，它产生的负面影响也是潜移默化的，因为，这是没有底线的做人与生存的想法。那些抢救生衣的人，只是一个肉体上的人，并不是一个完全意义上的人，在这类人的思想与心灵上，还没有真正接受人道主义的文明教化。

这可能与近百年来苦难深重的旧中国的国情相关。近现代百年战乱，中华大地一片荒芜。其实，荒废的不仅是土地和产业，还有百姓的心灵。百姓连吃饭都成问题，更谈不上什么道德教化了。正所谓“仓廪实而知礼节”，而人穷则卑，可是，如此没有道德底线的人性，似乎在今天仍有市场：食品安全问题、药品造假问题、拐卖妇女儿童问题，这些人性的阴影，至今还阴魂不散。这不能说全是西方资产阶级腐朽思想的侵蚀影响，也不能说全是封建遗毒的沉渣泛起，这其实是人性中永远需要不断荡涤的阴暗的一面！旧中国政治的黑暗，其实来自人性的黑暗。由此，我不禁想起一个老问题：我们近代中国为什么落伍了？为什么一个曾经强盛百年的民族却受尽几乎所有列强的欺凌？中华民族很不幸，可是，为什么不幸的偏偏是我们？我们的对内反省与对外学习还很不够。五四运动时期，我们国人真正反省了，也真正学习了，于是才有了新中国的诞生和中华民族的迅速崛起与强大。

2015 年 10 月 20 日

不要踏上终将沉没的大船

看电影《泰坦尼克号》很有感慨：一艘大船，不管它的外表多么华丽，看似多么庞大可靠，都可能存在风险。

生活中，也要防范这样的风险，不能误踏上外表好看，而实际上终将沉没的大船。有的公司、企业、单位，有的行业，存在着难以预料的风险，刚进去的时候好好的，但是没多久，它垮了。原因可能多种多样，但毕竟它还是垮了。甚至有的单位，本来好好的，但整体出事了，人在其中，概莫能外、难辞其咎。这就是一不小心与脚下的大船一同沉没的风险。

试想，一个环境、一个组织、一个集体，如果像泰坦尼克号似的，有着风光的外表，却是一艘终将沉没的大船，那我们身处其中是多么的危险！一条路，因为看不清它的未来，我们还义无反顾地走在这段路程上，可是它的尽头，却是断崖！那样的人生注定是不幸的人生。

生活中有些事，不管一开始的设想多么美好，它的结局却总是那么出乎意料。人生需要规避风险，要时常冷静思考一下、预见一下脚下的这片土地是否牢靠？我们把身家性命交付给它的这艘航船是否安稳？我们是把自己不确定地托付给命运，还是让命运由自己可靠地把握？

2007 年 4 月 15 日

电影《肖申克的救赎》观后感

可能是每个人都会经历心灵上的牢狱，奥斯卡大片《肖申克的救赎》看后颇有心灵上的共鸣，感触也很多。情节还在脑海，随笔记下感悟：

一、生活不论遇到什么情况，都得面对。不论是埋怨命运不幸，还是恨老天待自己不公，都改变不了现实，把握和改变自己命运的只有自己！丢掉幻想，用自己点点滴滴的努力去改变现状。

二、人不论走到哪里，都会遇到好人和坏人。对于坏人，不要抱有幻想祈求他们会良心发现，对待坏人的伤害，就是要奋力抵抗并坚决给以迎头痛击！人生就是一场斗争，与己斗、与人斗、与天斗。不必害怕斗争，斗争有时也无法躲避，斗争其实是人生的常态。

三、人这辈子一定要有位知己。关系很铁的良师益友是人生中不可或缺的宝贵财富，是对自己智力体力的有力帮助，应当视之为自己身体的一部分去爱护和珍惜，情同手足，遇事商量，共过患难。

四、永远保持心中的梦想。人在任何时候、任何处境中都绝不能绝望！无情的现实可以击碎你所拥有的物质上的一切，但绝不可以再击碎你那颗坚韧的心！坚强而心怀梦想，并去至死追求，梦想就会有实现的可能。不幸的现实是痛苦的，但如若在不幸之中自暴自弃，放弃心中的梦想，那将是不幸中的不幸！熬过黑暗，生活仍会一片光明。要坚信：有心有梦就有未来！

毅力加智慧，终究会使你成功！

2008 年 9 月 1 日

读以色列史的三点感悟

以色列是个超级小国，犹太人创造了很多世界之最，是个很值得学习的民族。读以色列史，有几点感悟：

第一点感悟：文化的力量是最大的。以色列有《旧约圣经》和《塔木德》，这两部典籍对犹太人三观的教育是很全面、很系统的，涵盖了人从出生到死亡所面对的全部问题，比如，找老婆是找百万富翁的女儿还是找老师的女儿？《塔木德》中教导年轻人，要找老师的女儿，找有文化的。犹太人崇尚智慧，倡导人们去热爱读书学习。正是因为有了优秀的希伯来文化，才有优秀的犹太民族。

第二点感悟：国家的强盛、民族的伟大同时来自于历史苦难和外部压力。以色列地处亚非欧三大政治板块的交界地带，根据地缘政治的规律，处在政治板块边缘的国家民族都是可悲的，战争侵扰不断。以色列在这样极其恶劣的国际、民族环境中，面临的外部压力，使他不自强不足以生存下去。古语讲，国无敌国外患者恒亡。喷泉之所以美丽是因为压力，压力往往也是动力，以色列走向强盛的同时，也是一个苦难深重的民族。苦难让一个民族不断反思、成熟、深邃。很多时候，辉煌正是在苦难之中创造出来的。

第三点感悟：国家不宜称霸，处世不宜太强。以色列很优秀，同时，正是因为他的优秀，招致了太多的苦难，“二战”中以色列人被大规模屠杀，历史上，周边民族针对犹太人的大屠杀，每隔一段时间都会重演，历史上有几次，犹太人都几乎被杀绝，只能流散在世界各地。古训讲得好，人过柔易屈，但过刚易折。国家民族也是这样，地球的资源财富总量在一定历史时期总是有限的，一味占据得过多，就可能会有拐点发生。中国历史上十大富可敌国的人，有一半多被杀。犹太人拥有太多的智慧与财富，又与周边争地盘、争资源，所以被异族报复清算，有其必然性。还是中国智慧说得好，以武力征服只是霸道，和谐共处才是真正的王道。

2017 年 8 月 25 日

浸谈收藏

老子曰："圣人为腹不为目。"说到收藏，常常会和玩物丧志联系在一起，其实不然。收藏不仅是一种爱好，还是个人的一种心灵外现，通过收藏品的影响还能浸润心灵、陶冶性情、培养心志。

收藏，有时是有品位者的爱好，有时是有钱人附庸风雅的财富出口，有时收藏也是人的占有天性的一种物化。

收藏的一个误区就是仅仅把藏品当作升值的钱财在保管。收藏品是身外之物，藏家只是过手而已，贵在缘分，美在欣赏，而不仅仅在于拥有。对于传世的经典藏品而言，主人反而成了过眼烟云。收藏要珍惜机缘，也须有平常心，要以怡养心志为主，投资升值为辅。

收藏的另一个误区就是一味追求贵重，仿佛没钱就谈不上收藏。有人说，收藏品是成年人的玩意儿。其实，分析一下收藏者群体，不富有的人也可以有自己的收藏，孩子们也有自己的宝贝。

人人都可以有自己的藏品。收藏品也不必局限于古董、名家字画、贵重的工艺品。收藏是分层级的，每个阶段都有值得珍惜的物品，收藏品通常都代表了某种意义，没有美感与情怀寄托在其身上，收藏品就只不过是件器物。收藏品可以是往事的记忆标志，可以是审美的艺术感受，也可以是某种心灵上的寄托与象征。

收藏美在过程，不在结果。一幅梅兰竹菊的画代表着君子的修养，一把正气凛然的剑寄托了主人的豪侠之气。身边如能放件历经千年的老物品，仿佛就能和古人心灵相通，家庭里一种饱经沧桑的文化底蕴也会油然而生。从藏品身上的收获，是从有形器物内化为心灵之物，这样，物质财富就真正成了精神财富。

收藏品要在经济上适合自己、审美上适合自己，对自己的心志培养能有所帮助，适合自己的才是最好的。

2011 年 8 月 28 日

如玉人生

对玉的喜爱，一开始我只是感性上的，后来，随着对玉的深入学习，才慢慢懂得玉。

可能是因为每一块和田籽玉都有一个磨砺重生的经历，一直以来，我都有着和田籽玉情怀，企盼能够找到一块比较契合自己的籽料，一块真正的、出自玉龙河的青白玉籽料。在假货充斥的市场里，又真又好的籽玉并不容易得到，直到2015年2月，我才如愿拥有了一块和田青白玉籽料腰带扣。可能是玉的品性比较契合自己的修养，它的厚重、温润、通透、纯洁都让我爱慕不已，把在手中，也颇有感悟。

虽然只是一块小小的和田玉，当初它也是屹立在巍巍的昆仑山上的，卓尔不群、傲视群山。然而，时事变迁、地壳变动，它从高山上崩落，随洪流而下，经过河水的冲刷、碰撞、磨砺，与泥沙俱下，埋没在河床之畔，经历着千万年的沉寂。不知过了多少年，终于有一天，它作为真玉，被懂玉的人从砾石堆中发现，重见天曰！玉不琢，不成器。它被雕琢成象征着力量的螭龙，开始向世人展示它的美和德，并找到了爱它、懂它的人。

和田玉之所以受成熟男人推崇，其实是它代表着一种君子情怀；而籽料情结则是经历失落、磨难、沉浮后不丧失真我的一种心灵共鸣。因为经历了岁月的磨砺，籽玉的棱角早被磨平，变得圆滑、沉着、稳重，身处最低位，自然也就不会再受到过多的冲刷。它的身上总带着裂纹和石皮——这是经受冲击的伤痕和饱经岁月沧桑的印记，然而，正是这些磨难，成就了玉的品德。

和田籽玉最大的优点是温润，这正是君子为人处事的品格，谦恭礼让、不躁不火、刚柔有度。我也喜欢玉的纯洁，青青白白，纯洁而真实，白玉有瑕，但瑕不掩瑜，反而展现着它的真实，就像我们每个人，人无完人，缺点与不足总是难免的，也正是因为有这些缺憾，我们才真实地存在着。我常爱说鲁迅先生那句话，事物真实存在的总是不完美、不圆满的。在我眼里，玉的石皮、裂纹不仅不影响它的美，反而使我们更相信它的真实性，这也像我们的人生，总有着或大或小的伤痕与挫折，留在我们的记忆里、身体上，就如同这玉的石皮和纹理。为人，首先是要做一个真实的人。

一块好的和田玉也总是通透的，晶莹剔透、表里如一。做人也应当如此，襟怀坦白、表里如一，不虚伪、不做作。路遥知马力，日久见人心。玉的声音清脆而美妙，给人悦耳动听的美感，这令我想起士人毕其一生所追求的王道，王道的本质其实就是影响力，以理服人，以德、以智度人，明明德于天下，传播其智慧和影响力，像天上的星星一样散发着光和热。在我心中，玉的声音仿佛就是那儒家的内圣外王之道。

山高水长中有精神，风朝雨夕我思古人。古人更懂玉，把玉的品德概括为仁、义、智、勇、洁。仁人志士也都把“比德如玉”作为君子修行的标准。苦难成就辉煌，风雨带来彩虹，玉的美，是一个难能可贵的历程，是岩浆的高温高压和亿万年的磨砺沉淀成就了玉的性德。

古语讲：君子佩玉。君子爱玉，是因玉的气节，宁为玉碎，绝不瓦全，而要留清白在人间；君子如玉，表里如一、温润亲和、坚硬不挠、高雅清远；君子遇玉，如知音相逢，心有戚戚！我也常以一块沉沦在河床泥沙中的和田青白玉自喻，多想自己的性情像玉一样，再温良一些，少些浮躁、多些平和。我一直秉承着守身如玉的气节，何时何地都不动摇做人的原则和底线，面对生活坚韧不屈！我什么都可以不求，但决不能失去立身做人的根本，这是我的个性与人格所在，也是我的灵魂所在！

回想自己这些年工作生活，有荣誉进步也有低落困惑，就如同那一块和田玉，从高山上崩落，随着洪流被冲进河里，身不由己，经受着冲刷、碰撞，磨去棱角、锐性，变得圆润、沉稳，之后，如同鹅卵石般地沉没在河床边际、泥沙之中。独处时，我感觉自己就如同一粒小石头，无人知晓地躺在河床边，静听风雨、沉寂千年，感受着“春有百花秋有月，夏有凉风冬有雪”的淡泊宁静，也在观天地山川草木之间，而有所感悟心得。

可是，君子与美玉毕竟还是有不同的地方，相同的是美德，不同的是生命。岁月漫长，而人生苦短。人生不过几十年，机遇不过三五回，而且总是逝者不可追！玉还可以再等，而君子却没有生命时光去等，常常是回首之间，已经在碌碌无为中虚度半生了！

2015 年 2 月 12 日

有感于钻石的形成

钻石是地球上最硬最好的石头，而钻石的成分不过是自然界中最普通的碳。钻石的形成在于它经历了压力最大、温度最高的环境。

人世间的精英与自然界的钻石形成原理如出一辙。历史上多少英雄豪杰，也都是经历了千难万险才修炼而成。人世间的事与自然界的理总是相通的，山峰的奇伟是因为险峻，人格的超群是因为难能可贵，人世间最可歌可泣的事情大都是在最艰难困苦的情况下完成的。

人的本源都是普通的，就像碳和钻石，最初都是一样的，而谁面临的环境更恶劣，谁的锻炼也就越大，谁的潜能就会激发得更大。不经历高温高压，哪来的坚硬灿烂？

人如果学会了在狂风暴雨和泥泞坎坷中前进，在巨大压力和挫折打击中修行，不经意间，人生的灵魂会得到炼钢般的锤炼和洗礼。

生于忧患，死于安乐。人还是要避免留恋安逸享乐的环境，学会对自己狠心一些。

2010 年 8 月 24 日

动物园里的北极熊

记得去北京动物园游玩时，一只能听懂人话的北极熊给人印象深刻。当时我觉得它很可爱，可是几年之后再回想，觉得它又很可悲。

那只北极熊能听懂游客的话，会转身、作揖。游客们都爱拿着零食逗它，它总是憨态可掬地望着游客手中的火腿肠，只要给它吃的，让它怎样它就怎样。这只经过驯化的北极熊如此通人性，外表憨厚却聪明可爱，着实让游客们喜欢。

也许这只北极熊的同伴们都在羡慕它命好，不需要再在北极饥寒交迫地忍冻挨饿，为了寻找食物而在茫茫的冰天雪地里奔波。动物园成了它幸福的家，它像明星一样受着人们的追捧。

但是，我却觉得它其实很可怜，因为它已经不再是一只真正意义上的北极熊，而只是供人们观赏消遣的玩物。在动物园里喂养久了的北极熊徒有熊的躯壳，早已没有熊的野性，它已经在不知不觉中习惯了安逸的生活，学会了在施舍面前奴颜婢膝。我在想，如果把这只习贯了动物园生活的北极熊再放回北极，或许它只会等死！

如今，在军营里关久了的我，对北极熊心生同情。它被关着，衣食无忧，可怕的是，在不知不觉中，野性在消失，玩性在滋长！

1999 年 8 月 25 日

学习动物中的强者

鹰、狮、虎、狼、鳄鱼，这几种动物凭着天赋成为动物界中的强者，它们身上有些特性值得学习与借鉴。

鹰，心性高远，善于高飞，总在最高处居高临下观察，眼光敏锐犀利、明察秋毫，发现目标后，以迅雷不及掩耳之势精准出击。

狮，威猛睿智，体格矫健，在力量和速度上有天分，动作迅猛、处事冷静，总是隐蔽接敌、果敢出击，强大而不失智慧。

虎，威严敏锐，有尊严而不失可爱。贵为百兽之王，但憨态可掬，力量如兽，性情似猫。不发威时有虎行似病之姿态。

狼，贵在能“群”，狡猾凶残，但在作战上有谋略、有战术，总是团结一致、成群结队地进攻，进攻时很顽强，防御时很机警。

鳄鱼，长期潜伏、等待，特别有耐性，出击猝不及防、狠而有力，并且一旦咬住猎物，决不松口。

人类一直在超越着自身的动物性，但人类仍具备动物性，在同为生物的层面，这些动物界中的强者，它们身上这些使其成为丛林王者的特性值得学习借鉴，并适用于人类在最残酷时期的斗争。

2013 年 7 月 2 日

真正的自然法则有哪些?

人们常说天地之间有正义，人在做，天在看。这里所谓的“天”，其实就是各种自然法则在起作用。先辈们用一个“天”字来概括难以细说的各种自然法则。

可是，现实的社会、切身的生活也让我们感觉到，有些时候，“天”好像没去做什么，不合理、不正义的事物甚至会一时占据上风，于是乎，还会有侠义之士挺身而出，喊出替天行道的口号。有道是：天若有情天亦老，人间正道是沧桑。在人与天的关系上，生活现实有时会让人怀疑真理，于是，不禁会问：真正的自然法则到底有哪些？

闲暇之余，感悟生活，有几条法则是至真的道理，值得真信与格守：

一、面对环境的选择，适者生存。自然环境，适者生存，不适应只能另寻环境；社会环境，可以去改革改变，但在改变之前，还是只能以变化求适应，以适应求生存与发展。适者生存本是自然法则，同样适用于社会群体，这有些残酷无情，却真实地在起作用。

二、力量对比总是强者胜过弱者。军事上，所谓以弱胜强、以少胜多，实际上还是少数。高明的军事家只不过是辩证地处理好了总体劣势与局部优势的问题罢了。两个运动物体相撞，难免各有伤害，但总是动能大者胜，这是必然事实。对抗之中，须丢掉幻想，把功夫用在平时，真正使自身强大，这才是硬道理。

三、实力会在一时胜过道义。道义是主观上的真理，所以，道义在现实面前，有时会被现实的力量击得粉碎。历史上，善良者受侵略者奴役的黑暗时期并不比光明时期短多少，没有实力的道义，只能停留在群众心中用以祈祷。思想的力量只有与现实的力量结合，才能形成真正的力量，否则很容易陷入主观主义。道义也是如此，道义是正确的、美好的，但正确与美好并不一定总能战胜邪恶、黑暗。既要坚守道义，也要加强实力。

四、道德会有赏罚。法制上的赏罚是立竿见影的，道德上的赏罚则是无形而且长远的。遵循道德者，运行稳健，违背道德者，容易毁损。国家、社会与个人都应当理解道德、遵守道德，国无道德则不昌盛，社会无道德则不繁荣，人无道德则不久远。

2011 年 3 月 28 日

天地间，人和为贵

天时不如地利，地利不如人和。人和至关重要，可是，知道却做不到的大有人在。

“天地间，人为贵”，自古为训，现如今，再度强调以人为本，就是因为现实中，在人与事之间的选择上还时常存在错位。做事业，首先要靠人，做事业最终也是为了人，可是，经常存在把事看得过重，而把人看得过轻，为了事，不惜人。工人是为了生产而存在，但在生产过程中，也要充分照顾到工人自身的生活与感受。资本、设备，如果没有与人很好结合，企业的衰败也是迅速的事。如果军队为了胜利而不惜牺牲太多的军人，那对胜利的目的与意义也要画上问号。

干事创业，如果留不住人，目标远景就只是空谈。做人的工作，如果抓不住人心，制度就只是一纸空文，再多的形式也将变得毫无意义。看重人、尊重人、为了人，以人为中心，而不能以外在的形式、所谓的主义、要做的事务为中心。一切必取于人，也必归于人，这是对“人为贵”的现实诠释。

除了“人为贵”，还有最相近的一句就是“和为贵”。

中国历代的历史，都是因为先有内耗，不然外族的势力不足以入侵强大的中华。国家和则强，外敌畏惧；内部不和，则是走向衰败的开始，会让外族坐收渔翁之利。可悲的是，历代盛世之末，喜欢搞内斗几乎成为一部分！这也是我们民族值得反省的一个方面。古训也说，兄弟不和，往往是家业衰败的前兆。家不和，无幸福可言；国不和，无兴盛可言。

于国、于家、于人，都要讲究“和”，讲究和就是要团结、不要内耗。少年戒之在色，中年戒之在斗。君子和而不同。

赢得人、以和为贵，这是成就事业的两大法宝。

2010 年 11 月 28 日

关于平凡与不平凡

孙子兵法云，先为不可胜，以待敌之可胜。不可胜在自己，可胜在敌。人生也是如此，先学会平凡，而后等待不平凡。

平凡对于人生来说是基础，然而，基础往往是最重要的，健康、幸福、平淡、从容的人生体悟都是从平凡中得来的，平凡容易、简单，但越是容易简单的事物也越是重要，如同阳光、空气和水对于人。平凡的生活，总是在失去时才懂得可贵，比如健康。

把平凡的事都做好，就是不平凡。看似平凡的人生，其实又有谁能真正持久做到？人生总是到了起伏时，才懂得平凡的可贵。出名的人，为名所累，想回归做一个普通人；位高责重者，为公务所累，如履薄冰、如临深渊。秦朝丞相李斯在临刑前对儿子说："吾欲与若复牵黄犬，俱出上蔡东门逐狡兔，岂可得乎！"一句话恸哭千年，唤醒多少世人。从古至今，人生的循环，能有多少人超越？人生的平凡，又有多少人守住？懂得生活，热爱生活，懂得平凡，守住平凡，一个平凡的人也就成了可敬的人。

不平凡固然可贵，但并非必需。可以去努力追求，但不必勉强拥有。平凡的时光似乎不值得记忆，但绝不应该不去珍惜，人生难得的就是平安无事。在平凡之中也不能不认真，不能不刻苦，不能不拼搏、不进取，否则，会连基本的平凡都守不住。生活也如逆水行舟，不进则退。

尽心尽力做好平凡，于无声处听惊雷，生活自会平淡而见奇。

2010 年 12 月 21 日

关于“出”和“入”的辩证思考

学书法有入古出古之说。入，则师从古人，诚心、刻苦地去模仿、学习；出，则超越古人，批判、发展地思考、创新。对生活、工作，也要能“入”能“出”。

“入”，就要诚心诚意，精益求精，把自己的角色扮演好，把人生分内的事情完成好。“出”，就是要超然物外，冷眼看世界，能放得下，脱得了身，不沉溺、不迷惑、不局限。躬行事务要认真，心态上又不能太认真，明察秋毫而又难得糊涂。

做人如此，做军人亦如此。忘我，而又超我；舍我，而又能找回自我。入，为首长，严格无私；出，则为兄长，平等友善。入，为军人，舍弃奉献；出，则为公民，尊重权益。入，为自律，克己无我；出，则为自由，活跃进取。循规蹈矩而又不墨守成规，原则刻板而又不失创新发展。“入”能踏实实践，“出”能清醒思考。

身在军营，多年以来，随时准备转业而又始终坚持敬业，以随时准备退役的心态珍惜并认真过好军旅的每一天。身在五行中，心在三界外。这大概就是能“出”能“入”的人生境界吧!

当局者迷、旁观者清。做事要既能投入其中，又能跳出其外。

2009 年 7 月 7 日

关于“出世”与“入世”的感悟

对现实不满似乎是历代读书人的常态，愤世嫉俗可以算作是对国家社会负责任的一种情怀，但是，那种完全否定现实、幻想推倒重来的思想以及那种寻求世外桃源、消极避世的思想都不值得肯定。

有些人能“出世”却不能“入世”，消极感叹，蹉跎一生。中国历史上，不少文人自恃清高，因为对现实的不满就一味消极遁世、保持自我本真的同时，也失去了自我价值；有些人能“入世”却不能“出世”，白沙在涅，与之俱黑。失去独立人格、自由精神，将无所作为，且气节难存。

大凡在历史上有所成就的非常之人，都离不开国家社会赋予的机会、权力和资源。“皮之不存，毛将焉附？”竹林里可以饮酒赋诗，但难以建成有益于社会人民的功业。志向清高之人，可以对现实不如意，但是不应一味地消极逃避。既要思想上出得了世，又要身体力行、入得了世。

曾经有个阶段，我也痛恨像李鸿章、袁世凯这样的人物，后来，随着年龄的增长，再看他们，为政处境真的很不容易，既要为满清贵族做事、委曲求全，又要不失心中那份为了国家民族进步富强的抱负。如果他们一味超然清高，必将一事无成，如果一味随波逐流，也将一事无成。既能“出世”，又能“入世”，方能成事。

对读书人而言，要能“出世”，保住自己内心深处正义、公平、仁爱的品格；也要能“入世”，做到“出淤泥而不染，濯清涟而不妖“，经世致用，为国为民建功立业。思想可“出世”，不消极；身心可“入世”，不激进；这或许是读书人更好的一种状态。

2011 年 10 月 6 日

领悟“参观”的新含义

以前以为“参观”就是看一看，近日学禅，领悟出“参观”还有新含义。

“参”就是要参与其中。纸上得来终觉浅，绝知此事要躬行。想要学会游泳，光在岸上练是不行的，必须得下水。凡事，得先入局，不做局外人。人生要入世，要多做事，唯有参与到此中来，才会有真体会和正确的感悟。

人光有想法是远远不够的，思想和豪言壮语都只是最初步的，还必须去实际行动，凡事，真正做起来总没那么容易。人生，不能仅是望洋兴叹，还必须敢于去冒险起航。生活中的很多情况，与其临渊羡鱼，不如退而结网。安身立命，重要的还是要去做。

“观”既包含了观人，又包含了观己。佛说，观世音、观自在。观世人，以人为鉴，可以知得失；观自己，查漏补缺，可以知不足。通过观人观己，做到心如明镜，照清自己，进而深刻地批判自己，并在反省修炼之中完善自己、激励自己，自省自强。

人往往难在观自己。客观评价自己，不自负、不自卑。通过“观”，把别人的经验吸收为自己的经验，把别人的教训当作自己的教训。人在世上安身立命，贵在扬长避短。

人生，就像一个来人世间参观的过程。

2017 年 3 月 26 日

人性善与恶?

关于人性善与恶，已经讨论了千百年。说人性本善或是本恶，都是执其一端而显得非左即右，比较妥当的对待还是要坚持两点论、重点论，或者是接近中庸之道，人性之中既有善又有恶。

人性就像一个球体，既有向阳的一面，也有阴暗的一面，并且这二者是不可分割的。善与恶，也是相对而言的。不相对于善，也就无所谓恶；不相对于恶，也就无所谓善。当然，人性之中也可以人为地划分出一些非善非恶的中性部分。讲人心向善，那是一种期盼，说明人性中有很多恶的成分。其实，每个人的人性都是复杂的。

西方人文中称人一半是天使，一半是魔鬼。用一半一半来划分，未免太过简单化，也不够真实，不过这充分肯定了人性中既有天使的成分又有魔鬼的成分，没有简单地把人划分为好人和坏人。好人与坏人也是一个常说的话题，但是，很难完全对一个人定性为好人还是坏人。人性其实是多变的，人性也是很难把握的，人性是个多层面的混合体，总是在不同的处境里表现出不同的侧面。对人的判断，重要的还是要看他的处境，而不是寄希望于所谓的坚定的人性。现实生活中，常常是，好人也会做出坏事，坏人也会做出好事。对人的评价，更科学的标准应该是先从事出发去评判人，而不宜先从人出发去评判事。也就是说，可以姑且认为，做了好事的就是好人，做了坏事的就是坏人。评判一个人，要看实践行为，而不宜判断其主观思想。因为，在人的脑海里，是什么都有的，想去完全把握一个人的本质，是不现实而且也没有必要的。

正是因为人性的复杂，所以，对人性不能过度放开，人性必须有所抑制。对于每个人，都存在着抑恶扬善的问题，即：通过修身养性，扩大人性中善的部分，压缩恶的成分；通过倡导理性，使人在个性上对外体现出来的是善的部分，而内敛其恶的部分。能够长期稳定地做到这些，就是好人。生活中，要宽容地对待真实的好人，而不要苛求完美，因为这是人性使然。

2011 年 10 月 15 日

道德与现实之争

从历史来看，为人处事是遵从堂而皇之的道德还是从冷酷现实出发？千百年来一直是令人取舍矛盾的话题。

道德多是从书本上学来的，而现实则常常是切身的体会。这个社会，如今的强者，观其行为，有不少不符合传统道德，多是因为胆子大、敢想敢干而超越常人的，其强权欲望、厚黑之道也都超越常人。

现实社会，让人感受到最多的是丛林法则的应验，而中华传统的仁义道德则只能作为冠冕堂皇的谈资，并没有真正作为人生观、价值观的指导。

东方的佛教文化、道家文化，都是自苦、修行的文化，是向内求的文化，而西方文化是向外求的文化，金钱和暴力成了两种达成目的的手段。东西方文化上的差异也造成了东方从属于西方。

能否超越东西文化之争而找到折中的平衡点？既立足于从中华文化感悟出的“道”，又不失尼采的权力意志理论？要相信大自然与天地、人世间有道，要相信自然法则会对人与社会违反道的行为惩罚，甚至要相信人类、国家、个人命运的神秘性，存在某种自然密码决定着他们的运行轨迹。同时，又要深信，人需要培育自己的强烈意志，去实现某些目的。随着时间发展、环境的变化培育新的目的，并去努力达成它，不因环境的影响而干扰和丧失原本的目的。

2011 年 3 月 5 日

评价一个人常犯的思维方式错误

对于人的评价，最容易犯的错误就是思维方式上先入为主或以偏概全。

先入为主的错误在于戴着有色眼镜去看待一个人。对于一个人，还没有真正深入调查了解，就因为道听途说听信了某些人的话，而先给这个人贴上了标签。对一个人的评价，就像在一张白纸上画像，知道多少画多少，而一旦贴上标签、带有先入为主的成见，就好比先在白纸上画了一个图像，再去涂抹修改，即便是这个图像很不像其本人，但是，再想往上面画出真实的图像时，它就已经变得模糊不清了。

正确的思维方式应该是相信群众，走群众路线。群众的眼睛是雪亮的，也只有群众的评价才是最客观全面的。看待一个人，不能仅看他如何对待你，更要看他如何对待众人。

以偏概全的错误思维容易与见微知著、窥豹一斑混淆。一滴水可以折射出太阳的七色光辉，但是，有些事理不能用在人身上，因为人性是复杂且多变的，人的反应不会像物一样机械。

以点概面看似高明，实则容易以偏概全。这种错误思维常常用在对某些职业的人或者某些地域的人做出评价，说北方人怎么样、南方人怎么样、商人怎么样、农民怎么样等。其实，这些评价只能作为谈资笑料，真不能作为对具体某一个人的评价，以共性淹没个性，这在逻辑上就是“以大推理小”，是在犯严重的逻辑错误。

要想真正全面而又客观真实地评价一个人，其实是很难的。每个人深层次的内心世界都是极其复杂的，人的情欲也是多方面的，再加上人的思想行为受外界环境的影响，具有多变性、多面性，所以，对一个人轻易下结论注定了都是错误的。或许，我们看到的某个人的外在及所谓的特点、个性，其实都只不过是冰山一角，并且，我们不能苛求或相信完全的好人或坏人，能够把握住一个人的主流就已经算很不简单了。

对一个人的评价，或许只能盖棺定论。

2008 年 6 月 16 日

关于好人与坏人的判断

对人的判断，应该跳出人性恶与人性善的争论，其实，每个人的人性中都是善恶皆有的。

现实中，我们会遇到所谓的君子与小人，这是由个人的人生观和价值取向所致。真正对人的好坏起作用的是人的人生观、价值观与利益取向。这些或许从主观上决定着一个人是成为“好人”还是成为“坏人”。

去判别好人还是坏人，比较客观的是根据一个人的外在行为。好与坏的客观标准就是真实的行为，因为思想是捉摸不定的，主观臆测一个人是可能做出好事或是坏事，这既不合乎法理，也难以实际把握，并且在不知不觉中陷入主观主义错误。

从方法论的角度讲，可以用两点论与重点论的思维来看待人性。人性是复杂并且混沌的，古人用简单的二元论来区分善与恶，围绕善恶来评价一个人是好人还是坏人，这其实是思想认识水平的低级阶段。现实中，需要打破好人与坏人的界限，跳出二元思辨，树立整体思维。

生活中，通常会对人施以好人与坏人的区别对待，但也常常存在被“好人”欺骗或者冤枉“坏人”的情形，实际情况通常是好人没那么好，而坏人也没那么坏。我们不应该去试图把握一个人的本质，其实很难对一个人的内心世界真正了解，因为人性太复杂、太庞大，实际上需要用不可知论来解释。

一个人所表现出来的善或恶，可能只是复杂人性中的冰山一角。人与人的相处，通常都是活在对对方的预期里，然而预期并不可靠，常因时过境迁而变化，一切都在变化，人也是如此，人不可能两次踏进同一条河流，人也常常找不回从前的自己，别人也是一样。人心深似海，人具备做出各类事情的潜质，不能轻易对人定性。

真理因时间与地点而转变，人性也因时期和境遇而变化。

2008 年 7 月 9 日

股市与人性

如果想在股市里投点儿钱就坐等赚钱，那就是把人性想得太过简单了。只有在股市拼杀过、失败过才会感悟到真实的人性，股市如战场。

在战场上，是与敌人战斗；在股市里，是与庄家战斗。为了财富，庄家可谓用尽心机，而散户如同鱼虾，在危机四伏的海水里游来游去，伺机想吃上一口。

庄家打乱散户心态的手法，足见人性险恶的一面：骗、诱、吓、磨。庄家想让你在高位接盘时，就放出利好消息，引诱你，散户可能一时稍获小利，但涨少跌多，涨慢跌急，散户反应稍慢就被断崖式的退潮吸走。庄家拉升前，想把散户震仓出局，就雇人发帖，散布流言，恐吓小散，明明看好的股票，却无故杀跌，小跌不出就再跌，没有最深，只怕更深，散户资金量小，经不起折腾，只好割肉暂且离场，而且往往是一买就跌，一卖就涨。散户的账户，庄家是看得清清楚楚的。如果个别顽固的小散不甘心离场，庄家就控盘磨你。庄家心里有数，布局长远，等得起、耗得起，散户心里没底，耗不起、挺不住，只好忍痛割肉离场。

散户作为大多数，在股市里人性的弱点充分暴露出来：贪、痴、怕、担心、犹豫、幻想。丛林世界里，食肉者总是少数，食草者总是多数。食肉者狡诈、凶猛，吃不到肉不罢休，而食草者胆小怕事，总是以逃跑来应对危险，一有风吹草动就逃跑，保命要紧。贪心的结果常常是适得其反。看不清敌人的企图，识不透敌人的伪装，为假象所迷惑，总在担心，涨时担心跌，小利即出，机会来时不敢进，担心还有更低，犹豫不决而错失稍纵即逝的良机。庄家悬羊击鼓已经悄悄出货走人，明明大势已去，散户却心存幻想，妄想有朝一日还能翻盘，梦想一不小心就成了幻想。

股市里最适合的法则是兵法。古语云："兵以诈立""兵者，诡道也"。在股市里，看到的多是假象，而真实的情况则隐藏在虚假的遮蔽里面。在战场上，隐真示假是伪装的根本原则，不懂得隐真示假，就不能明辨真伪。散户常常犯错，就是因为假的常常故意伪装成真的，而真的却故意掩盖起来，散户看不到真相。"能而示之不能，用而示之不用。"大涨是大跌前的假拉出货，大跌是大涨前的假摔震仓，散户正是在这些节点上栽跟头。

制胜之道，在于胆略。战斗中有勇有谋者胜。成事者须胆略过人。首要的是胆子要大。有多大收益是与冒多大险成正比的。要敢于冒险，敢于虎口夺食，不入虎穴，焉得虎子。兵道以正合，以奇胜，胜利往往都是出奇制胜。与敌人的战斗，与庄家的战斗，要勇敢，吓不倒，迎难而上。狭路相逢，勇者胜！

有勇还须有智，有胆还须有略。勇，有蛮勇与智勇之别，盲目蛮干固然比消极保守略好一点，但失败的概率很大。战争最能调动人全身心的聪明才智，不讲谋略，或谋略低于人，失败就是注定了的。谋略在于准确的分析判断、巧妙的方式方法。凡事都要讲究方式方法，战斗要讲究战略战术，大的行动之前，先进行火力侦察，像打仗一样，不妨先投五分之一的兵力，以少战多，算作对敌人的火力侦察，而留出大量的预备，放在第二梯队、第三梯队，逐步投入最艰苦阶段的战斗。真正决定战役胜利的往往是预备队。股市也是如此，先轻仓试水，等庄家震仓再投部分资金，等到五穷六绝准备七翻身时，也就是在起跳前的深蹲之际，把主力资金投入使用。

等待要耐心，行动要果敢。机会总是很少的，机会只能等出来。兵法云，先为不可胜而求胜，不可胜在己，可胜在敌。不要轻易出兵，不要轻易持仓。资金在自己手里才是最安全的。一旦持股，就把命运交给别人了。做事要稳重，不打无准备、无把握之仗。耐心等待机会、瞅准机会，静若处子，动若脱兔。一旦机会来临，要果敢抓住，战机稍纵即逝。“其势险、其节短”，行动要快，兵贵神速。买入或卖出的时间节点往往只有分分秒秒的时间。

实现预定决心需要坚定的意志。意志的动摇源于外界的干扰。这些是心性层面的斗争，要经得起骗、诱、吓、磨，克服自身的贪、痴、怕、担心、犹豫、幻想。要经得起敌人的火力侦察，不能稍微拉升，你获小利而出货，等于从牛背上被震下来了。也不能因为庄家打压而轻易出局。看准了，就要耐得住折磨。这种折磨是忽上忽下的折磨，如烈马难以驾驭。也不能因为敌人火力太猛，顶不住就退下阵来。决心要实现到底，坚持就是胜利！

人性还有一个弱点，就是智勇多困于所溺。股市可能赚钱，但如果长期浸身股市则一定赔钱，如同穷兵蘇武，失败是必然的。可以长期持币，但不要长期持股。兵贵胜，不贵久。好战必亡，久赌必输。

2017 年 8 月 25 日

完美主义的危害

生活和工作中追求完美，要求百分之百，不但脱离实际，而且容易走向负面，甚至导致事与愿违。

完美总是理论上的、理想化的状态，实际中，可以无限接近，但很难真正到达。百分之百，可以作为目标，但实际上违背客观规律，并不真实存在。正如鲁迅先生所说，不完美、不圆满才是事物存在的真实状态。

现实生活和工作中，有错误、有缺憾本是正常的，但是，常因为我们缺乏宽容心，用理想化的标准去近乎苛刻地要求别人，而犯完美主义错误，于是，对上级报告的数据、数字，因为要求要“好看”，或者不能有错误矛盾，便会人为地去修改数据，以达到理想、满意的状态，结果导致的是数据失真，失去了统计的意义，也失去了原本要掌握真实情况的初衷，甚至会在错误数据的基础上做出错误的判断，形成错误的决策。工作中的文件、报告，因为要求表述的语言要官方、要完美，便会在修辞、对仗、迎合上下尽功夫，结果导致原意失真，使会议变成形式，让材料失去意义。因为追求完美，反而导致了虚假。

完美主义还会造成标准过于苛刻。完美主义者容易从理想化的角度制定标准，多数实际上完不成，反而降低了信心。完美主义还缺少包容，影响的不仅是工作，还伤害着个人的情感，力求完美者往往让人让己身累心累。完美主义者多是缺少实际经验的空谈主义者，因为很少去实际做事，所以会眼高手低，或者是因为不用去实际做事，所以会对标准要求不负责任地提级加码。生活中的完美主义，是方法论价值观上的主观主义错误；工作上的完美主义本质上是官僚主义，是不接地气、不切实际的漂浮作风在作怪。

要克服完美主义，需要一切从实际出发，实事求是。当然，还要有一颗对人对事的宽容之心。然而，现实中，缺少的恰恰是宽容。

2017 年 11 月 21 日

关于帮助人

帮助别人无异是一种美德，但是帮人也要理智。

帮助人是在做好事，帮助人的事是应该多去做的。能够帮助别人，也是一种实力，人在帮助别人时，都会产生相对的优势感和幸福感。帮人也必然会造成自身能量上的损耗，这并不足惜，倒是帮人最大的不利不在于人性的善变，彼此间的变化与此消彼长，世事难料，导致有时帮人反而会伤到自己。养虎遗患甚至是很多英明政治家常犯下的错误。还是古训说得好，害人之心不可有，防人之心不可无。进一步说，帮人之心不可无，防人之心亦不可无。

西方有农夫和蛇的故事，东方有“好心落个驴肝肺”的谚语。我们助人为乐的同时，也不乏于人做事反招不美的流言蜚语。帮人者也常常自嘲：我以我心向明月，奈何明月照沟渠！有时候，所帮之人，最后成了害己之人。从事物的负面作用来说，帮人有风险，帮人需衡量。帮助别人时，一定不能被他当时的可怜假象所迷惑，一定要多份思考，明辨是非、看清对象。芸芸众生，可怜之人很多，可恨之人也很多，有些时候是可怜之人必有可恨之处。

其实，我们要帮助的不仅仅是弱者，更应该是善者。救人于危难之中，义不容辞，帮人是积德行善之道，但帮人需慎重，看清被帮者的本质与目的是帮人之前应坚持的原则。

2011 年 11 月 7 日

关于求己

当无力改变客观的环境时，就反求诸己，转向改变主观的自己。学会从自身找原因，从自己的主观得失中，寻求事情发生的内因。

物竞天择，适者生存。这是自然法则。面对环境，只有适应的生存，不适应者常被环境淘汰，这是铁律，不必怨天尤人。孔子曾告诫弟子，“沧浪之水清兮，可以濯我缨；沧浪之水浊兮，可以濯我足。”用清水洗头，用浊水洗脚，人们对待水的态度不同，其实是由水自身的清或浊而决定的。

改变了自身，也就改变了别人对待你的态度。

2010 年 12 月 10 日

如何对待逆境？

成就大事业者，无不经过逆境的磨炼，就像种子发芽前无不经过土壤的埋没一样。人在逆境中的态度决定着他以后能达到的高度。

人生难免有逆境，安排好逆境中的生活，是人生的必修课。当不幸来临、身处困境时，你可能会抱怨命运的不公，甚至还会落泪，其实，人生很长，多年以后，再回首那段困顿的经历，它可能成了一笔财富。

万事福祸相依，真不好评说人生一时的顺与逆。人生应当以平淡从容的心态，去面对顺逆、浮沉、好坏，不论何时何地都应珍惜当下时光、珍重自己。

其实，环境可以看成是中性的。身处顺境可以顺势谋求幸福，而逆境则可以当成磨炼意志、提高情商的机会。即使是身处逆境当中，也要调整和安排好自己的生活，在学习、思考、反省中锤炼自己的心性，不要迷失了自己，仍要看重自己，相信一腔热血勤珍重，洒去犹能化碧涛。人生甚至要感谢逆境，逆境最能触及灵魂、锻炼心性。不幸是所很好的大学，艰难困苦是砥砺品格的磨刀石。

逆境是人生中常有的经历，是生命中的重要组成部分。应当客观、从容地对待逆境，并珍惜逆境，化逆境为修行！

2017 年 5 月 16 日

如何与环境对抗?

环境通常是需要去适应的,但有些情况下,面对逆境、困局,不得不去对抗环境,使自己不至于在不好的环境中受污染、被湮没。如何对抗环境,走出不理想的环境,或者,变不利为有利?大致可从以下几方面做起:

一、因势利导,修身养性。大环境往往一时难以改变,作为个人只能调整自身,可以把环境看成是中性的,在有利中看到不利,在不利中看到有利,思考从另外的角度来利用好当前的环境。试着去用牺牲愉悦感受来换取能力素质,把艰苦当成锻炼,把逆境当成修炼。越是困苦的处境,越是能砥砺人的心性。

二、演好角色,重在过程。生命是一个可贵的过程,不能因为当前环境的不如意就完全放弃这段人生时光,生命给予我们的时间是十分有限和宝贵的。人生在世,不如意的事情常十之八九,但是,每个阶段、每个过程、每分每秒都值得体会和珍惜。瓜不苦不甜。苦,常常是通向甜的必经阶段;苦难,也常常是走向成功的必经阶段。阶段总是不可跨越的。人生如果只想要美好的结果,而不想走艰难的过程,那是过于天真的想法。在人生的每个阶段,都要演好自己当时的角色,主角也都是从配角开始的。人无千日好,花无百日红。每朵花、每个人都有属于自己的季节,当你花开的季节还没到来时,不应放弃,而是去做好充分的准备。

三、贵在得人,不必认真。工作生活中,有很多情况,所做的事务本身并无意义,没有成就事功,也没有实在的结果,但是,在做事的过程中结识了人,成了朋友、兄弟、同志,这就很有意义。共事的过程结束了,但人与人相知的情谊并没有结束。生命中,事务多是浮云,人,永远是最大的财富。

四、不忘退路,另辟蹊径。有时候,在不如意的环境里,如同在走一段漫长而迷茫的路。人生中有的路,随着时间的推移,终会柳暗花明、云开日出,豁然开朗、峰回路转。而有的路,可能是一直不通的,就不能一条道走到天黑,此路不通,及时折返,另谋出路,这才是机动灵活的选择。在这样的环境里,就要做到大船之上仍不忘舰板,有所准备,留有余地、退路,或者,跳出局限,另辟蹊径,超越现实,做到墙里开花墙外香。

2017 年 12 月

如何当一个好领导？

一个好领导对单位的领导与管理，不是事无巨细地指手画脚，而是主要从思想上、组织上进行领导。

首先，应该把主要精力放在“定目标、出思想”和指导工作方法上。

其次，在工作和生活中要体现出做人做事的品德和风范，这是无形的力量和无声的标准。

最后，还须随着职务的升迁同步加强自身的学习与进步，领导有新见识，才能出新思想、开创出新局面。当领导绝不能职位提高了，而德才却没有跟上。很多情况下，单位出问题，恰恰是出在领导身上。

2009 年 9 月 15 日

如何带好一个团队？

带好一个团队至少要做好三个方面一是汇聚人才，二是建章立制，三是严抓作风。人才总是首要的。一切必取于人，人永远是第一要素。得人更要得人才。古语讲：千军易得，一将难求。众人之诺诺，不如一土之谱谱。团队里如果没有出类拔萃的人才，人再多都难以建设到理想的高度。

其次，用制度管理能克服人为因素的主观随意性。一个团队想要高效、良性运转，要靠制度，并且要有好的制度，制度出问题是根本性的问题。只有大智慧的人才能建立好的制度。

再者，除了制度，作风也很重要。作风是看不到的，但作风是无形的力量，单位风清气正、团结向上的局面，是通过作风建设取得的。带好团队需要见人见事抓作风，抓作风能很好地约束人性恶的一面，发扬人性向上的一面。优秀的人需要通过优良的作风去塑造。

2013 年 6 月 7 日

说话的修养

为人处事，话不宜多，少说为佳，且最忌讳恶语伤人。

常言道，良言一句三冬暖，恶语伤人六月寒。在对人的伤害中，语言上的伤害是最重并且最难忘的。人之交往，钱财上的损失可以用时间去弥补，唯有语言上的伤害，像树的伤疤一样，只会随着时间的延长而愈长愈深。因为一句话，既没得到什么利益，又招致很多是非，务实地去想，确实很不值得。

人生在世，更多的是要去做，而不是说，更何况言多无益。有时候，口就像漏斗，本来做了些事，却因为说得太多，反而把功劳都给漏没了。口宜默，口开神气散，舌动是非生，而沉默是金。

话也并非不能多说，生活之中，有几类话可以多说，对应又有几类话宜三缄其口：夸赞人的话可以多说，让众人开心的话可以多说，开玩笑、不当真的话也可以多说，而对于谈论人是非的话、信息不准确的话、可能伤害到某些听众的话，还是三缄其口为宜。说话一定要换位思考，考虑听众的感受。毕竟，言者无意而听者有心。古训讲，静坐常思己过，闲谈莫论人非。说话既是艺术，同时也是人品。

在说话的修养上，人就应像河流，越是深沉的河流，越是没有声音。

2011 年 6 月 6 日

言不在多，而在于高

我们的生活中并不缺少语言，缺少的是高质量的语言。

唐诗绝句通常只有二十几个字，宋词不过百字，《古文观止》中的名篇佳作大都言简意赅。老子《道德经》五千言，黄石公《素书》仅一千三百余字，马基雅维利《君王论》也只不过是一本薄薄的小册子。历史上，不少产生过重大深远影响的著作，有不少也都是小册子，但仅仅是小册子就足以光照千秋。

对于一个立言的作者，能留给世人的，最好的书只有一本，最好的诗文也只有一篇。大凡立言，不必求多，而贵在求精。

说话、写文章，言不在多，而在于高。

2015 年 6 月 19 日

关于“细”的思维

事物可以无限细化，越来越细是事物走向科学与成熟的趋势。

管理工作提倡越细越好，作为领导都在比谁更“细”，大领导也都在抓小事，这既是对官僚主义的一种抵制，同时也是管理工作更加科学的一种体现。

“细”是没有止境的。现在和过去比，工作是精细多了，但未来与现在比，只会更细。我们所谓的“细”也只是代表了某个阶段、某一时期的思想认识水平，“细”化的程度代表着工作深入的程度，“细”是发展与进步的体现。

万事万物都存在无限细化的问题。过去人们对世界的认识是混沌的，远古智者将世界分为金木水火土五种成分，用五行来解释世界。近现代科学发现，地球上有七十二种元素，人类对物质的认识，从分子到原子，再细化到电子、夸克。从银河系到太阳系，从宏观宇宙到微观粒子，星体与微观粒子的结构与运动形式有着惊人的相似，这说明世界本来就是可以无限细分的。

我们的各项工作务求进一步细化。细节是客观存在的，只是还有很多事物的细节以我们目前的认识水平还没有触及，随着时间的推移，等着我们去进一步了解它。越来越细，是越来越科学、越来越成熟的象征。

2006 年元旦

完成一项任务的方法套路

对于一项任务，首先是思想上要重视。重视是根本态度，很多事情，不是能力上做不好，而是思想上重视程度不够，投入的精力、心思、工夫不多。毛主席说过，世界就怕“认真”二字。重视了、用心了，精诚所至，金石为开。

其次，要集中时间精力打突击战。很多事情不打起精神搞突击，可能就会久拖不决。做事情、完成任务，一定要有时限，要有时间表，要习惯于带着紧迫感做事，否则，事情一拖可能就永远没有下文了。

再次，还应讲究方法技巧。苦干不如巧干，要善于借力，主动寻求帮助支援。方法技巧，既包括思路上的，也包括工具上的。良师益友和有经验者的意见建议可以使人少走弯路，善于总结、三思而后行则能起到事半功倍的效果；工欲善其事，必先利其器，准备好工具也很重要，没有工具，光凭人原始的双手和体力去拼，效率是微不足道的，人类之所以伟大就是因为善于发明和使用工具，做事情一定要善于借助精良的工具。

最后，在过程当中要扛得住干扰。干扰是成事的大敌，很多事情的失败都是因为干扰。干扰、困难、矛盾、阻力都是客观现实中真实存在和难以避免的，不应过多强调客观理由，扛住干扰、迎难而上，才是做事的应有状态和必备精神。

“重视、时限、方法、干扰”是完成一项任务必须要处理好的四个关键词。

2011 年 1 月 5 日

以群众心为心

自以为是加心存侥幸，常常必然会导致失败。

人要成就事业，身边须有智者。凡是准备做的事，多听听身边智者、长者的意见建议。听人劝阻、采纳建议、能被批评，才不至于失误，才能改进事功。

人，不论身处何位，都不要觉得自己比众人更高明。群众的眼睛是雪亮的，大多数人的看法是正确的。“真理掌握在少数人手中”，这话没错，但是在大多数情况下，大多数人的想法总是正确的。人的智力差别并不是很大。人，其实都不过是沧海一粟，只是社会属性改变了个人的处境，使人产生了表面上的差异。

个人在群体中，共性总是大致相同的，而且概莫能外，常人常犯的错误，其实每个人都会遇到。

2011 年 8 月 8 日

深入实践至关重要

要学会游泳，非下水不可；要出真知，非实践不可。

成就事业，需要深入实践。知而不行，与不知同。想法若不能转化为实际行动，就只是昨夜的一场虚梦。光说不练瞎把式，而事情只要做一点，自然会有一点的收获。只想不做，主观世界相对于客观世界来说，其实和没有发生是一样的。欲成就一项事业，需要真正沉下去干，并且还要乐于坚持去做艰苦细致的具体工作，没有长期煎熬般的积累，总难有蓦然回首那人却在灯火阑珊处的收获。问题是在深入实践中不断发现和解决的，能力是在深入实践中逐步锻炼提高的，事业也是在深入实践中点滴积累而成的。

做好群众工作，需要深入实践。做群众工作不能自恃高明、自上而下发号施令，工作绝非个别精英之事，要以群众之智治群众之事；要深入调查研究，从群众中来，再到群众中去；工作的方法套路，并没有太多的高明之处，都不过是发现问题、分析问题、解决问题而已。工作多是需要扑下身子、实实在在去干的，目标、想法、措施再好，如果抓不好最后的实践环节，都将不过是事倍功半、虎头蛇尾。

选人用人，也应当确立看重实践的标准。对待人才，一定要不拘一格、不重外在，语言表达、文字材料都不足为信，唯有看重实践的成就，最真的实情才是评判的根本依据。是否经过充分的实践锻炼，也是选贤任能的重要标准。浮在上面，没有深入基层历练的人，是不可重用的。宰相必起于州郡，猛将必发于卒伍。充分的实践，不仅是一种经历，而且一定会成为一种能力。

2011 年 10 月 13 日

关于知与行

关于知与行，可分四个层级：低的层级是“不知”，第二层级是知而不行，第三层级是行而不终，最高的层级是知行合一、善始善终。

现实中有的人并不“知”，三观不正、事理不明，生活在蒙昧不开化的状态。蒙昧的人生是可悲的，也是国家社会对个人的失职。

也有一些智者，明白事理，却只说不做，“知”只是谈资，或者是有想法、没行动，没有迈出那勇敢的第一步，而甘当生活的退隐者。知而不行，与不知同。知而不行的智者并不比庸者高明，百分之一的实际行动胜过百分之九十九的豪言壮语。隐者的人生是消极的，是个人对国家社会的失职。

可敬的是知行合一者。从嫦娥奔月神话到人类登月科学，从知到行可能需要思考千年、飞越万里，但努力从未停止。真所谓，知易行难！行者贵在精神、意志与勇气、魄力。“行”总是有结果、有积累的，哪怕是错误，又何尝不是对正确的借鉴？

生活中也有不少行者，半途而废。难至终点多是由于外因干扰内因，导致主观上自我放弃，最后，行百里而半九十。“行”须一以贯之，行到最后。

难能可贵的是善始善终者。人能在一生的平常之中，切身实行平常的“知”，就是不平常。人生如同一场长跑，在起点是与他人竞争，在中间是与自己斗争，经过努力、坚持，并谨慎、安稳地走到了终点，这才是善始善终。人生中的很多经历都像是在画圆圈，从起点到终点，仿佛一转眼间万事皆空，但求的是每个过程的圆满。

古人云，知易行难，行尚可勉，唯终实难。

2010 年 12 月 20 日

善终才是真善

善始容易善终难。人们做事，大都能善始，而能善终者却少之又少。

现实中，人们往往把太多的心思放在重视开端上，而在这之后，既没有很好地坚持整个过程，也没太周全地做好事情的结局。实际上，过程很重要，结果更关键，正如民间谚语：编筐编篓，重在收口。

做人做事，重要的常常不是看当初的雄心壮志，而在于能否熬过艰难困苦的过程，并最终有一个好的结果。看结果而不是看主观意愿，是比较科学的思维方法，因为结果本身包含了对整个过程的概括性评价。

凡事一开始就应想到如何结局，就好比人要懂得如何正确对待生死，人生而有差别，生得富贵与否在于父母，而死得富贵与否才是人生是否成功的标准。也许人生的意义不在于生得伟大，而在于死得光荣。

2005 年 6 月

思想的力量

翻开中国历史，很多军阀势力，如同腾蛇乘雾，终为土灰，究其原因在于缺少先进正确的精神思想体系。

一支力量要想长远地发展壮大，自身建设上先要成为一个完善的组织。能够撇开个人的随机因素，组织系统才可以自我完善和发展。

一个组织系统的存在，首要的是要有一个目标去牵引。科学的、进步的、完善的思想理论体系则是它的灵魂。

一支力量，要考虑它的几个方面，它发端产生的原因是什么？它有没有灵魂？支撑它的精神支柱是什么？这几个方面处理好，这支力量才能不断壮大、长远存在。

思想理论从何而来？如同火种的产生需要特定的环境、一定的时机，如同乌云的积累和雷电的击发产生了火花一样。思想家的思想就如同火焰，一经传播必将照亮大地，而持火者就是芸芸众生中那个出类拔萃的人。

一个不可战胜的组织里，都应有这样一个小小的班底，他们是思想的源泉，是整个体系的精神支柱和灵魂。一个组织的力量其实来自思想。

2008 年 1 月 14 日

舍得的智慧

天下本无事，庸人自扰之。现实中，又有多少事情是有价值、有意义的呢？生活中是必须要有所取舍的。作为高等的人，应当是有所为、有所不为，否则只能像牛马一样忙碌。

生活或工作中的事务，大致可以分为三类：一是不必去做的；二是只需应付的；三是应当精益求精去努力做好的。于是，要懂得选择、取舍。大千世界，能够让人生存下去的路有千万条，很多事都可以赚钱，但必须去冷静地选择，有所为，有所不为，选择最适合自己发展的路去走，选择有意义的事去做。

人的心灵不能陷入繁杂的事务之中。生活可以充实，但不应过于忙碌，如果过于忙碌而疏于思考，人就会失去自我。人需要独处的时间，要在孤独中学会冷静地思考，这时，需要将生活停下来。知止而后能定，定而后能安，安而后能虑，虑而后能得。人生真正的收获往往正是心灵停下来的那段有限时间。

然而，生活中扰乱我们理智的不是繁忙与错误，而是诱惑，因为错误谁都看得到，而诱惑，则往往是一些小的利益，让我们利令智昏。鱼如果不是为了诱饵是不会去上钩的。人为财死，鸟为食亡。现实中，不少人是因为眼前的“诱饵”而失去自我的。

果断地舍弃生活中的种种诱惑，是舍得的智慧。

2011 年 1 月 13 日

由“耗散结构论”看交流的重要性

宇宙从一个原点开始，它的膨胀、成长使生命有了运动和时间。宇宙是受何种激发产生的？宇宙能量的来源在哪里？这不能用人类的常规思维去解释，但可以去大胆猜想。

不妨用一个受精卵的产生与发展作为类比，卵子受到精子的激发而不断膨大、发展最后成长为人，再到后来，因为细胞的老化而走向衰亡。人的起始与成长离不开外部母体环境、生活环境的营养，比如：热量、气体、食物等与外界的交流。

可以得出一个结论：如果没有新的能源流入，组织不仅不会成长，反而会很快消亡。从耗散结构理论来看，一个开放的系统不断与外界进行物质和能量的交换，可以使系统从混沌变化为有序。

从这一点来讲，一个系统最重要的是什么？并不是内部结构的优化与调整，而是与外界的交流。

以此类推，任何一个组织，小到个人，大到国家、民族乃至人类、地球都是如此。一个组织系统生存与发展最重要的条件是：交流。一个组织或是一个国家，最不应做的事情就是封闭，封闭必然会导致衰落。因此，某种程度上说，开放比改革更重要。

古往今来，当一个团体、民族处于有利的交流位置时，往往就能发展壮大，比如：河流、海洋的交汇点，道路交通的交会点，这些点位都处于有交流优势的结点。交流的优势是一种决定性的优势。从更广的角度来说，也许人类的基因，也需要在更广、更远的地域进行交流，人类才会向更高级、更发达的方向进化，而不至于因基因纯化走向物种退化。

不难理解，一个组织的领导者、决策者，他们最重要的任务应该是与外界交流，即开阔视野、增加见识。让见多识广者做决定，这应成为决策的重要制度之一。

可以用一句古诗来恰当表达交流的至关重要以及其中蕴含的丰富哲理：“问渠哪得清如许？为有源头活水来”。

2006 年

克服自我消沉的力量

陆游有句诗：“此生谁料，心在天山，身老沧洲。”结合自身的人生进退，我顿悟出一个道理：很多时候，事物本身自然的趋势总是走向消沉的。就好比儿时老师常告诫学生的：“学如逆水行舟，不进则退。”

其实，很多事物何尝不是如此？都是不进则退。而要想遏制这种自我消沉的趋势，必须积极主动地不断对它施加反向克服的力量。

没有光，大地只是一片黑暗。黑暗是大地本来的自然的面貌，克服黑暗需要光和热，光和热来自太阳的能量。没有航向，船总是顺流而下漂泊的，只有增加了人为的目的性、方向性和推动力，才能不断地纠正航行的方向，使船驶向理想的彼岸。人生也是如此，唯有向上的进取心和坚持勤奋的努力，才能克服学业上、工作上、生活上的相对落伍，落伍总是自发趋势，不落伍要靠自我努力去改变。

人是这样，一个组织、一个社会、一个国家，也无不如此。一个组织系统，它本身总是趋于老化和消亡的，只有和外界交流，不断地接受外部的压力，并且不断地从外部给组织注入成长的活力，组织才能维持下去。一个城市、一个区域、一个国家，如果安于现状，缺乏有力的推动和治理，它也总是趋向于衰落的。

然而，事在人为。人的主观能动性是克服消沉的力量。没有人为的力量，很多事物都是自然走向衰退的，就好比如果没有人为的医疗，人的寿命通常会变得很短。

生活中，我们最需要的就是这股事在人为的积极力量。这股积极的力量来自于人的内心，一颗向上的心，一颗充满生机与激情的心。所以，人是需要养心的，让心成为生命的一个原点，这个原点虽小，却充满无限力量，它就好比宇宙大爆炸的原点，是我们个人生长、壮大的原点。个人虽小，心中也应有宇宙！

2010 年 10 月 8 日

守住自我

人最可悲的损失莫过于丧失了自我。

自我都不完美，并且如此平凡，如同山林间的一棵小草。然而，与小草有所区别的是，小草同类相似，而人却因人而异。人因父母、家庭、阅历、环境以及所受教育和所处时代的不同而千差万别。人生的经历，如同一条长长的微积分曲线，综合成了现在的自我。

自我有缺点，自我并不如意，可这些恰恰是自我区别于他人之处。

有不少人，在生活中逐渐迷失了自我。职业、金钱、名利、奴性都会磨去你的棱角，让你变成千篇一律的鹅卵石。说是理性，其实是去违心地做人做事；说是成熟，其实是社会的同化与世故……

还有一种自我的丧失，就是在连续的困厄中，在外界的干扰下，在困顿、迷茫之后，开始怀疑人生、放弃自己的初衷。人还是原来的人，可是心却不再是当初的心！

能拯救自我的唯有自己的内心。内心的镇定才能保持最初的自我。相信最初的自我都是本真的，是真正属于自己的。守住自我，需要定力，需要有富贵不能淫、贫贱不能移、威武不能屈的坚守，需要有竹子一样“千磨万击还坚劲，任尔东西南北风”的坚韧。敢于直面现实的人生，而又不让现实湮没了自我。

永远保持脸上那平淡从容的微笑，一直到生命走到尽头时，仍可以无悔地说：我的一生，我的内心，一直矢志于真、善、美！

2007 年 11 月 6 日

无恃是未来社会的生存之道

“恃”是一种依仗，有恃无恐不是一种好品性，无恃才是人生久远之道。

历史的进程在不断加速，快到以至于一个人很难在一个行业里从一而终，再好的专业技能、再好的工作单位都难以支持和相伴人的一生。人对社会的适应，其实在于一个“变”字。

记得在八九十年代，国企里的工作岗位可以子承父业，这种看似的好事，实际上耽误了一些优秀的青年。那个时代，有的年轻人依赖父母的职权、指望单位安排工作，这种让他原本引以为豪的资本到头来却使他不思进取，反而害了他。

当人有所依赖时，最后的结果可能是反受其害。多一份依赖，同时也多了一份风险。亲人朋友是不能完全依靠的，自己的路最终还得自己去走，甚至，自身已有的资格、已有的身份也是靠不住的，已熟悉掌握的业务技能也是靠不住的，人要懂得去忘记已经拥有的，学会去不断开拓创新。人生要想逆流而上，就得诚惶诚恐，在危机与压力之下，不断寻求新的开始，日日新、月月新、岁岁新。

人生在世，必须处理好“三天”的关系：忘掉昨天，把握今天，筹划明天。

2011 年 1 月 17 日

处世要“无恃”

人生在世，无才是可悲的，然而若恃才傲物则更是忌讳。

凡事都有两面性，人生的不少长处其实都是双刃剑。不少时候，人是依仗什么，反受其害。纵观历史上的文武才俊，善用刀者往往死于刀下，善射者常常死于乱箭穿身，拥有过多财富者，可能死于财富，拥有过大权力者，可能死于权力，拥有过大功劳者，却恰恰死于功劳。大凡有才能、有思想者，也多死于才能、死于信仰，死于才华出众者更是不计其数。

万物负阴而抱阳，福祸相依。人的超常之处，在成就个人的同时，也会物极必反、损毁个人。人要防止人生中的拐点现象，盛极而衰。秦朝、隋朝在统一中华之后，很快就灭亡了。唐玄宗在开创中国历史上最伟大的开元盛世之后，大唐却从此一路走向了衰落。

“无恃”的境界是：有，如同没有；会，如同不会；达到了空无的至高境界。做到为而不恃，不居功自傲。

为而不恃是人生必备智慧。做了重大贡献而不躺在功劳簿上，就当作没有发生一样，转头一空，这样就能心平、事平；居高位而忘我，甘当普通群众，群众没有不爱戴的；财富多而能俭约自持，始终不忘创业维艰，家业没有不长远的。自古居功自傲者都难善终，自恃功高者多死于功高盖主。人无所依仗是可怜的，但很多时候，做到“无恃”又是必需的。

大凡人与事，皆不可脱离平常群众，这是永远不变的真理。

有才能也要返璞归真。唐诗人白居易作诗，常要先读给八十岁的老妪听，把诗改到童叟皆能听懂的程度。他的诗：“离离原上草，一岁一枯荣。野火烧不尽，春风吹又生。”简单顺口，流传千古。乾隆皇帝一生作诗两万余首，自以为阳春白雪、高山流水，但没有一首能被世人背记，这也颇有些自嘲了！

无恃就是永葆独立自由之精神。“永葆独立自由之精神”，这句话不经过深切体会，难以知晓其对人生至关重要的内涵。有的人，总喜欢有所依靠，靠父母、靠兄弟姐妹、靠朋友，靠权贵、找靠山，结果常常是靠树树倒、靠人人走。立身处世，还须靠自己，做到“无恃”、独立，把握住人生的自由。

无恃，是一种很高的人生境界，是智慧也是道德。人生在世，要做到无恃，无恃则不倒。

2014 年 4 月 20 日

克己无我

为人处事，切莫自以为是，切莫一意孤行。“乖僻自是，悔误必多”。

凡事要先多与人商量，多向有经验的人请教。能听得进去意见建议，就能少犯错误、少走弯路。克服自己心性上的缺陷，破除自我心中先入为主的成见。这是“克己”。

有容乃大，而要想包容，须有心量，想有心量，先要虚心，使自己的心胸虚空若无，做到没有小我，这是集中众人智慧的前提，这就是“无我”。

人，常常在回头时才发现，“我”并不如意、并不正确。这是因为人都会受到年龄、阅历、处境的局限。做到“克己无我”才能减少失误。

圣贤并不属于自己，圣贤属于众人、属于天下，所以说，“圣人无常心，以百姓心为心”。圣贤的心思之所以与真理一致，是因为圣贤把百姓认为对的道理作为自己坚持和实践的真理。集群众智慧于己身，这就具备了通向大智慧的途径，就是做到了“克己无我”。

2011 年 11 月 5 日

增加心理圈层

按照人们习惯思维的三分法，我们也可以将自己分为：“众人眼中的自己、真实的自己和内心深处的自己”，像地球的分层一样，把自己的心理分成地壳层、地幔层和地核层，人的成熟，需要加深心理圈层。

与这些心理圈层相对应的应是“微笑、事业与志趣”。当我们面对他人、面对社会和这个世界上的各种事物时，我们需要的其实是微笑，应该始终以微笑面对，对老人、孩子，对别人的一次帮助、一次劝告，或者是对一片白云、一道风景，对这个世界都要给以微笑。这是我们心理的第一圈层应有的态度。

现实中，我们还有事业要去做。当我们从事的事业是自己喜欢的时，人生是幸运的。然而，事业与生活又不相同，事业更需要理智地去做、忘我地去做，人在事业中并没有真正的自己，事业中的“我”会被贴上标签，比如：职业、身份、权势、地位等。事业多是违背个性意志的，也有不少是并不情愿的事，事业有时需要违心、机械地去做，在很多人那里，事业是谋生的手段，而不是生活或人生本身。

撇开外在的事务，人对生命、对生活的理解往往埋藏在内心最深处，其实人人都应该追求真善美。

可是，现实中充满了假、丑、恶。人的内心与外在现实的矛盾让人变得苦恼，苦恼的本质是矛盾，矛盾具有普遍性，所以，苦恼也是无处不在、无时不有的，并不会因你的事业不同、位置高低、财富多少而有所减少。

于是，人可能会产生逃避现实的想法，但这个世界是无法逃避的，最多只能是心灵上的超越。人有本心，在本心之上，头顶三尺还应有颗忍心，以忍心控制本心。忍心是超越之心、理性之心，同时也应是果敢之心。本心是常人之心，飘忽不定，为外界所左右，因七情六欲而改变。本心是真心，本心如水，需要容器去盛装。本心如兽，需要人类社会文明去驯化；本心如灌木，需要社会规范去修剪。支配人心的原则应是万事万物的道理、规律，这些应该多是由外向内的规范约束，而非由内向外的自我发散。

西方学者将“我”分为：“本我、自我、超我”。在人的“本我、自我、超我”三重境界中，学会以“超我”控制“自我”，以“自我”完善“本我”。

能够理智地以忍让心去支配本心，就达到了超我的人生境界。

2011 年 7 月 28 日

控制力

人生如何把握命运？人们常说，命运掌握在自己手中，这个掌握就在于控制力。

对人生起决定性影响的，除了才能，还有人的心胸、性情和智慧。我们寻求智慧，并想用智慧去斩断苦厄、改变命运，可是有了智慧，往往会停留在思想意识里，而要真正落实到实际行动，还需要有艰难的跨越。不少人不缺想法，缺少的是大胆果断的行动，尤其是恰当的行动。知易行难，很多人说话很精明，做事却犯傻，这就是所谓的智商高、情商低。情商某种意义上体现为自我控制力：控制自我思想行为的能力、控制情绪的能力、控制金钱财富的能力、控制局面的能力、控制人事的能力……

控制是一种很高的境界。以书法为例，看一个人书法的水平，就看他控笔的能力。就书法而言，节奏是一种很高的境界，事情做到能把握节奏的程度，就已经达到了很高的境界，而控制又是另一种更高的境界，凡事要善于控制。

如何提高控制力？谁都知道用理智约束情感的道理，可是在很多情境下，还是让情绪冲破了理智，所以，控制的力量源，只能是自己的内心深处。心中要有道“纸令”，以预定的决心来排除各种临机的干扰，从而把控预定想法的落实。提高控制力，需要树立一种意识：个人要屈从于心中的“超我”。人总是游走在“自我、本我、超我”之间，自我是真实的，本我是现实的，超我是理智的。“本我”总是迷失在现实生活的干扰当中，做着不情愿做的事情，“超我”是经过深思熟虑之后重塑的理想的自我，是超越现实的自我。控制的本质就是要用心头之上的“超我”来控制现实中的“自我”，控制着自己去执行、去行动、去落实自己理智的心声和他人优良的建议，克己无我地立身处事，有“超我”而无“本我”。

自我控制力就是理性。

2012 年 4 月 17 日

对心念的控制

人的心，就像千万粒种子的集合体。当人产生了某一念头时，就好比在自己的心里埋下了一粒种子，这粒种子是会在适当的时候和适当的环境下发芽长大的。

人心中的种子，有良莠之分，所以，控制自己的心念，是人生修炼过程中很重要的一件事情。

养心之要，在于限制自己的视听、审慎自己的结交、选择自己的处境，这三者最影响人的心念。养心就是多往自己的心田里挑选增加好的种子，比如：仁爱、正义、事业、志趣、忠孝、理想、规划、成功、荣誉……总之要积极进取、热情向上。心里先有这些念头，而后才会有朝一日在合适的时间、合适的环境中成长并转化为现实。现实，往往就是心中所想的实现，人生所得，常常就是人心念所想的物质化。

人心里有时难免也会因为外界的刺激而产生不好的欲念，比如：对权钱色的贪欲、对某些人的憎恶，或不切合实际的妄想……不好的欲念一旦产生，就会像一缕微风拂过平静的湖面，激起一串波纹，荡漾着向远处传播而去，它甚至会因为蝴蝶效应而发展成为一场飓风！

所以，保持内心的平静是很重要的。心境明鉴如湖，更要沉静如井，清澈而不起风波。人，先有内心的沉静，而后才表现为外在行为的镇定。

处事沉稳，须从心开始。

2011 年 6 月

中年危机论

人到中年，危机感顿生：首先是年龄变老的危机，其次是环境局限的危机，还有就是知识结构更新淘汰和能力素质拉开差距的危机。

人到中年，就像一辆负载过重而自身却已不新的汽车，想再往上冲坡，可是感到不但拖拉的负担过重，而且自身的动力也有些不足。家庭的拖累、平台的局限，自身从思想、经历上也已经与原本在同一起跑线上的人拉开了差距，并且岁月与机会不再，难以从头再来了。

人常说，行行出状元，成不了状元往往是问题出在自身，还没在行内积累出成就却已经不想在本行里混了，面对围城般的工作，食之无味，弃之可惜。然而，人到中年，最怕安于现状、自我懈怠。生活就是这样，如逆水行舟，不进则退。人无远虑，必有近忧。几年的安逸生活下来，当回过头再看时，落下的差距会让你诚惶诚恐。

天下事业，哪有游玩般容易的，总是要经历长期艰苦细致的坚持，才会有事业上的回报。生活中，总有些事，本可以让你大有可为，可问题是，很多时候，这些事根本没有进入视野，或做得火候不到，没有坚持到最后。行百里者半九十。人到中年，仍一事无成者，多在于此。

“危机”二字，危难之中藏有机会。人到中年，有危机感是好事，要自寻压力，没有危机也要心生危机。人到中年，应当在思想、文化方面，再有一次质的提升。珍惜有限时间，抓住不多机会，突破当下环境！任何时候开始自己真正想要的事业都不会晚，关键是心中之火不能熄灭！

人到中年，要敢于挑战！欲穷千里目，更上一层楼。再用好人生二十年，让人生再上新台阶！

2016 年 7 月 18 日

努力却不为自己

男人在很多情况下努力做事并不是为了自己。

生活原本是简单的，男人天生出于对衣食住行的不讲究，很多时候对生活要求很低，有时甚至是衣取蔽体、食取果腹，过着为腹不为目的生活。人常说工作上高标准，生活上低标准，事业再大，睡觉仍不过三尺小床而已！其他，都不过是身外之物。

即便是这样简单朴素地生活着，男人通常还会努力拼搏做事，这种境界的做事，可能是为了父母老婆孩子，但也还有些更大更重要的事，根本与生活无关，却仍要硬是去做，哪怕挫折失败、头破血流。有时，他们这样只是为了实现心中的一个想法，只是为了证明自己的能力，用学术的话说是为了实现自我价值。

这恰是男人生命中最难能可贵的品质。正是这一品质，创造出了远高于柴米油盐、衣食住行的事业，并使之在人群中脱颖而出，产生了诸如企业家、慈善家、思想家、政治家等以“家”称谓的名字，改变着男人自身、他的家庭乃至整个社会和国家。

2017 年 10 月 29 日

人生需要不断开拓新的领域

人总是习惯于吃熟悉的饭、做熟悉的事、交熟悉的人，生活应该是这样，但还要有开拓之心。

人的知识结构常会随着时代的发展而跟不上更新变化，所从事的行业也常会在几年内就此消彼长、走向衰落。当人在一个环境中感到局限时，不妨走出去！开拓新的领域！当一条道上看不到希望时，不妨另辟蹊径！踏上新的征程！

纵观历史，国家的落后，多是在新兴领域的相对落后。人与人之间的相互超越，从本质上讲，也多是消极保守与开拓进取之别。从航海、航天到探索、发现，大到国家，小到个人，都不能安于现状，都要敢于走出安逸、面对陌生。人不能满足于已知、已有的和得心应手的熟悉领域，人生还需要不断开拓新的领域，尽管新领域往往是陌生、艰难和不确定的。

《鬼谷子》中“抵罅”的智慧就包含有善于发现空白领域、积极拓展全新领域的思想。开拓新领域，首要的是要有一颗不甘于现状的心；发现新领域，需要有广阔的视野、敏锐的眼光；走向新领域，需要有大胆的气魄、果敢的勇气；适应新领域，则需要充满自信、习惯压力。善于发现新领域很关键，之后才是去努力的问题。对个人而言，新领域不外乎学习的新领域和做事的新领域。人是无所不能、无所不会的，要相信人的适应能力，到了新环境、有了新压力，自然也会有新进步，业务本领也会随着环境而变化。相信随着时间的推移，新领域也会变成熟悉的领域。

在新领域的外面，还是新领域，总有无限的新领域一直都在等着我们去开拓，重要的是要自寻压力！

2011 年 3 月 15 日

审美观才是根本

一个人爱美，通常会注重外在的衣着打扮，而问题的关键，是要注意内在审美观的改变。

原始的土著人也爱美，用羽毛和颜料把自己打扮成自以为是最美的样子，其实显得很原始，这就是审美观的问题。很多时候，不少人自己用心打扮出的美，并不一定是真正的美，而只是一种不同于他人的风格而已！衣着服饰常常是人内在审美观的外在体现，审美观不能出问题。

审美观出现偏差，会丑陋而不自知。审美观十分重要，影响着生活的方方面面，从衣着、设计、绘画、艺术到建筑、影视作品，审美无处不在。有的城市雕塑，看不出艺术的成分，或者是以艺术的名义，堆砌出了连大众都看不懂的作品；有的书法、绘画，美其名曰创新，实则缺少正常的功力，给不了人美感，只是在打着艺术的旗号，生产艺术垃圾；有的新城区，故意把一座建筑设计得看似摇摇欲坠，缺少起码的安全感与稳定感，居然还称其为建筑艺术；有的影视作品，不仅不能从中受到熏陶、教育，反而让人在被动接受中激起骂声，浪费众人的时间、金钱不说，还有污心境！一部影视作品的优劣，其实就是导演审美观的体现，审美观是作品背后的总指挥，如果导演将不严肃的个人生活观、历史观夹杂到作品之中，录制出的作品、节目必然是经不起推理甚至有污大众眼球的。

新潮并不等于美。有时候，时尚与新潮的人，只是自我感觉良好，只是暂时得到了较为多数的人的认同，但并不一定是真正的美。美应当经得起时间与众人的检验，并非一段时期、一小撮人的前卫想法。如果冬天穿得很冷、夏天穿得很热、繁杂而并不实用，即便自以为美，但因有违人性，仍将经不起时间的检验，不能算是真正的美。经得起时间检验的美、经典的美，绝不会是扭曲的美！

美应当是高尚的、积极的、大众的、人性的，美应当是和谐的、真实的、善良的、有益的、向上的、合理的。在审美观的问题上，美在和谐，美在向上，美在引导人性中难能可贵的部分。这才是值得提倡的审美观。

一个人的衣着打扮、言行举止、绘画写字，都是其审美观在起作用，要想在这些方面真正有所改进提高，需要从审美观上根本性地完善和提高自己。

2013 年 5 月 25 日

话说大器晚成

我不太认同世俗传统中所说的“三十而立”。实际上，生活中三十而不立、年龄偏老而事业无成的大有人在。

说三十而立，可以鼓励年轻人尽早立志求学、成熟明理、干事创业，但是，一旦年过三十还无所成就，这话也容易使人丧失信心。过去的老话中还有一句，说人过四十不学艺，我觉得这些都是不太对的话，作为谈资就可以了，甚至我们还需要扭转其颓废、复述出新意。我比较推崇犹太人先哲的一句箴言：“人要是想奋斗学习，多老开始都不晚！”中国的《论语》里也早就说过：“朝闻道，夕死可矣。”

古今中外，大器晚成者大有人在。姜太公六十多岁的时候还在钓鱼当隐士。三国刘备在四十多岁的时候没有自己的曜过着颠沛流离的生活。美国总统华盛顿在当完英军的营长之后当起了农场主，赫鲁晓夫三十多岁的时候还在家当农民，以色列总理沙龙在四十岁的时候也退役成了农场主，但他们后来都取得了卓越的成就。

西方有句谚语：“快马跑不远”，这与我国荀子那句“骐骥一跃，不能十步；驽马十驾，功在不舍”，颇有异曲同工之处。我一直有个人生信条：不要过早地把自己的人生推向高峰。其实，做大事业是需要长期的积淀的，成功没那么容易，在做事上，我一直推崇难能可贵。

当然，大器晚成者离不开特殊时期的历史机遇，正所谓时势造英雄。但是，要抓住历史机遇从主观上少不了伟人早期的思想与准备。伟人与英雄自始至终具有不安于现状的心和与生俱来的使命感，这使得他们终其一生都在准备着、修炼着，一旦机遇到来，必然厚积薄发。

“待到秋来九月八，我花开后百花杀。"这是当年黄巢科举落第后咏菊的诗，也写出了不少三十而不立的英雄才俊当年失意而不失志的心声。中国近代又有多少落第秀才，从顾炎武到蒲松龄、从洪秀全到袁世凯，他们错过了人生的春天，却在恨晚的秋天绽放了自己金菊般的人生。

每种花都有自己开放的季节，并不都是开在春天。菊花开在晚秋，梅花开在寒冬，有一样的美丽，还有不一样的气节与风骨！

2011 年 4 月 4 日

对神的一点认识

世上并没有神，但是，人需要神，是人创造了神。

作为无神论者，我坚信传说中具有超物质力量的神并不存在，但我也会去拜神，这是因为，我们供奉的神，其实原本都是人。神，是超越常人的人。常人是因为自身的渺小，需要从神那里得到精神的力量，所以人会去创造神、膜拜神，我想这是神存在的本质。

人因为渺小而去相信命运。心灵总要寻找归宿，于是人会在心里和神对话。常常是，在人困难时，神就会成为人心灵的归宿和寄托，成为人内心倾诉与交流的师长。命运并不掌握在神手里，神并不能给人赐福，也没有帮助人去实现心愿，神本身并没有改变现实世界的超能。但是，当人去求神，以神为榜样，在主观上有了改变现状的想法后，人会因为求神而改变自己的内心世界，进而会用自身激发出的精神力量来改变现实世界。神让人学会了自省，给人以心理上的能量，自我改变了，命运也就因此而改变了。神给人的其实是心理能量和精神激励。

神并不主宰这个世界，神通过改变人的内心世界来改变这个现实世界！

我们把自己的心虔诚地给了神，神并没有为我们做什么，但是，因为神，我们有了美好的期待和希望，也许，这就是神赐予的力量！

2011 年 8 月 5 日

为人处事以简朴为上

大道至简。穿着宜简朴大方，为人处事也应以简朴为上。

与人相处，以真诚相待，一是一，二是二，少些虚伪，少些心眼，越简单心越不累。人与人交往，礼节是越来越少，人与人的关系，也应是越单纯越好。

一部书法史，其实也是汉字的简化史，简化是事物发展的一个方向。人类的思想史，也是一部解放史。可不知是谁、是什么原因制造了复杂，制造出这么多的形式主义，使这个社会有太多没有实际意义、浪费人力物力财力却又好像不得不做的事务！写字本是为了书面交流，却有不少人，为了练字而辛劳了一生。穿着本为蔽体取暖，却有不少人，为了所谓的外在的美而在夏天穿得很热、在冬天却穿得很冷。吃饭本为充饥、营养，却有不少人，因为人情世故而让饭局变得推杯换盏、身心俱疲，费钱费时又伤身！

如果吃饭以简朴为上，能节约巨大的社会财富。如果为官以简朴为上，又能节约多少国家资源。如果少些外界纷繁复杂的利益干扰，少些个人内心私欲的纠结盘算，唯有忠实地执行，做到上传下达不失真走样、不瞒上欺下，为官其实会变得很简单。

事物的发展，常常经历由简到繁，再由繁到简、返朴归真的过程，只是需要将众人从世俗的蒙昧中及时唤醒！

2011 年 11 月

将人生回归到生活本身

人在年少时，常会为了梦想而不顾现实，以至于多年以后再回头才发现美好年华虚度，就好比，眼里只有目标，而忽视了过程。

人到中年，总有太多的不如意、不圆满，面对现实，总会有太多的局限与无奈。当心中原本美好的想法一个个被现实击碎时，我们不得不调整心态，将人生回归到生活本身。

梦想，曾经在远处指引着人生努力的方向；梦想，也如同醇酒般地激励着人心中的豪情壮志，但对许多人来说，终其一生，梦想都还是仅仅停留在心中，而当我们环顾四周时，才发现现实是那么的真切，以至于触手可及。主观意愿与客观现实之间的矛盾，无处不在，无时不在。

于是，我们将人生回归到生活本身，重估人生的价值。究竟什么是成功？什么是幸福？人究竟应该怎样活着？……这些原本简单的话题，此时需要从书本上、从理论层面回归到现实中、回归到生活层面，重新定位与思考。

生命的历程，其实就是一个存在的过程。也许我们都应当有点存在主义精神，当我们回归到生命的原点时，可以无悔地对自己说：在这个漫长而又短暂的人生历程中，我的人生，经历丰富而又值得回忆，我曾经努力过，并且我尽力把人生的遗憾减少到了最低程度！

2008 年 8 月 21 日

忘掉经历，找回童真

人长大以后，拥有的比儿时要多得多，可是，却远没有儿时快乐。人长大以后，懂得的事理越来越多，可是，越是成熟似乎越不纯朴，也变得没有儿时那么可爱。

人走向成熟以后，从所拥有的物质层面和精神层面的东西来说，其实都比儿时要好，可是，却没有儿时过得那样快乐。也许，我们需要反省这成长的人生。快乐是一种不该被世俗尘封的天性。

人在成长的过程中，其实心里一直在比较，与别人比地位、财富、身份、名声……生命外在的装饰反而成了人生的负累。总有不如你的人，也总有胜过你的人，永远如此。这些原本就不具有可比性，可是，比较限制了人的心灵，经历蒙蔽了人的心性。

我们需要懂得将人生的经历清零，找回儿时的童真。有时候，如果我们能够忘掉后天的这些，其实，你还可以像儿时那样简单快乐！

童心常在，快乐常在！

2017 年 8 月 22 日

散文诗

SanWen Shi

不必怨恨人生的不幸，
泥泞也是路程的一段。
坚韧地走过困难，
让人生在痛苦与煎熬中修炼。

每当太阳从东方升起，
又是一个新的开端。

我是鹰

天边，一点黑影浮现，
大地变得模糊而遥远，
我飞翔在万里云霄，
随风激扬。

我是鹰，来自山峰之巅的雄鹰，
飞越群山，寻找海的黎明。
我是鹰，一只追寻理想天国的精灵。
飞越江海，期待在彼岸新生。

这些年，多想再回到从前，
到山野林海重走一遍，
可往事如风，
吹个不停，
我越飞越高，在气流中盘旋。

挥动翅膀告别眷恋，
飞向苍茫大地、红尘人间。
早已忘却，曾经是百禽之王。
我孤独游荡在城市上空，
只为那心中梦想。

每当黑夜悄悄降临，
我并不寂寞，
一钩冷月，和那天空划过的流星，
是我的最美风景。

2009 年 11 月 10 日

新的今天和梦的明天

每天清晨，
当太阳升起的时候，
我以微笑，
开始全新的一天。

健康的身心，
昂扬的精神，
满怀的激情，
良好的习惯，
让我珍惜分秒地走好今天！

我心系梦想，
终生准备。
我张开双臂，
拥抱明天。
我一直坚信：
有心、有梦，
就有明天！

2012 年元旦

守望军营

山野里，沉寂的夜晚，
你用笔倾诉自己的心声。
记下这段生命炼狱的历程。

你总爱向山林远眺，
眼神里深藏着忧郁和无奈。
风吹散了山间的雾，
却吹不去你心头的阴云。
在这春去秋来的军营里，
看到飘零的黄叶，
突然觉得乍暖还寒。

没有人能懂你的决定，
你为自己的独醒承受着苦痛。
你在努力寻求解脱，
而束缚总是那么牢固，
且愈绷愈紧。
你不需要倾听，
众人难懂一人心。

又是一年春暖花开，
映山红点缀着青翠的山峰，
像一团团燃烧的火。
自由的云朵在天空悠然飘荡，
可是，在云卷云舍之间，
你的眼神里总带着几分忧愁。

墙外的公路上，
车子和行人在自由地赶路。
而你却只能站在军营里守望，
因为在你的身边和你的心里，
有一堵墙！

你活得是如此真实。
以至于容不下现实的虚伪。
这个世界已经被你抛在身后，
只为做一个不甘凡庸的人。

你总在努力寻求解脱，
内心保留着一线希望，
如同风中摇曳的烛光，
和夜空里闪光的星星。

你总爱多看一眼那些境遇可怜的人，
而忘却了自己，
像一朵梅花，
飘落在大地上，
碾作一抔留香的泥土。

2010 年 6 月 25 日

孤独的心

不屑与庸俗者为伍，
我只想去孤独地散步，
走上一条虽然崎岖漫长，
但却真正属于自己的路。

在炼狱般的日子里，
困厄与思索激发着我最深的潜力，
拼搏与奋斗使我做一个傲骨的人。

我要开始自己新的长征，
保持一颗不败的心，
只为心中儿时的梦想。

纵然理想如天边星辰遥不可及，
但我仍坚信，
心若在，梦就在，
有心有梦就有未来！

2010 年 12 月 2 日

咏　杉

你没有花的娇艳，
只是单纯的一树绿色，
你不需盆景的婀娜与做作，
直直的枝叶，
自然而简单。

可你有着四季常青的生命力。
你那正直的身姿，
挺拔向上的气势，
给人以别样的感染。

你整齐地排列，
多像那一身身绿色的军装！

2006 年 12 月 22 日

秋分时节说分手

秋分时节说分手，
百草萋萋漫山愁。
天凉了，草枯了，人走了。
爱未冷，情犹在，
手却已松开。

人生的痛苦莫过于此，
明明相爱，却还不得不分开。

秋风萧瑟，
吹不去纷繁芜杂的愁绪。
流云飞逝，
带不走心头割舍的伤痛。

走过了春天、夏天，
迎来的是秋天、冬天。
拥有过欢笑、幸福，
却只留下泪水与心碎。

2007年9月22日秋分

星　月

夜，是如此的黑暗，
孤独的我在小路上前行。
幸亏有你，远方的星星，
给我一线希望、一丝光明。

路，是如此的崎岖，
负重的我在摸索中前行。
幸亏有你，夜空的明月，
帮我驱除黑暗、照亮前程。

风，正把乌云吹动，
我不能在黑暗中迷失，
也请星月，驱走我心头的阴云！
在我的心中，至少还有梦！

2012 年 1 月 19 日

走过困难

一天有白昼、黑夜，
一年有春夏、秋冬，
一生怎可能没有困难、曲折！

不必怨恨人生的不幸，
泥泞也是路程的一段。
坚韧地走过困难，
让人生在痛苦与煎熬中修炼。

每当太阳从东方升起，
又是一个新的开端。

2010 年 11 月] 6 日

无　题

流年易逝，
我却不敢随波逐流；
容颜易老，
我仍坚守心梦如初。
长风烈烈，
摇曳的是草木；
人生浮沉，
不变的是本色。
回首苍天，
碧空风起云涌；
仰望长峰，
我自岿然不动。

2011 年 10 月

短文

Duan Wen

佛说，人生有七苦，爱别离，就在其中。这世上，能为我别离而泣的人只有：母亲和女儿，给了我生命和我给了生命的人。这般苦，如同一杯浓茶，让我苦涩品味，而又甘甜无穷……

人生如诗

生命里总会有欢笑，也有泪水，如今，回首之间，俱往矣。

真实的人生，总有太多的不如意。犹如日月之行，有白天，也有黑夜，又如天地之变化，有风和日丽，也有阴雨雷电。

逝者不可回，来者犹可追。瞻望未来，我们都要将自己的人生把握好，保持一颗稳健的心，去过好健康、充实、幸福、审美的人生。一抹晚霞、一缕清风、一股清泉，都足以让我感受到人生的美好。

我常劝告自己：人生短如诗，亦应美如诗！

作于 2007 年

军旅随笔

转眼入伍已十二年整。回想刚穿上军装时，风华正茂。多少青春已流走，如今却三十而不立。从憧憬到无奈，回首往事，军旅像杯茶水，飘出的是清香，品起来却苦涩。

未敢裹足不前，不甘碌碌庸庸，终日苦读思索却又困于环境局限，如井底之蛙，虽有心得又恐失偏颇。唯有以凌云志、平常心，在终生不辍的准备中，在青山绿水与云卷云舒之间，珍惜感悟存在与审美的人生。

2005 年于北辰山军营

人生要看重一个“惜”字

人生应当知“惜”。

写文章要惜字，言简意赅，惜墨如金，删到不能再删；练书法要惜纸，注意避让与谋篇布局，结构紧密、疏密合理、计白当黑；人际交往要惜缘，知音难觅，当一生珍重；为官要惜言，不妄下结论，不轻易表态，守拙持重、有容乃大；家庭要惜福，当知一切来之不易，不铺张浪费、不趾高气扬，知足常乐；人生要惜时，生命苦短，一寸光阴一寸金，要分秒必争，切莫蹉跎岁月、碌碌无为。

2012 年 5 月 24 日

生活需要每天翻开新的一页

太阳每天升起，生活也需要每天翻开新的一页。

生活需要不断将心胸清零，不要负重前行，懂得时常关上身后的门。不管过去给了我们多少不幸，毕竟都已成为过去。逝者不可回，来者犹可追。重要的不是对过去的后悔，而是不要让不好的过去在未来再次重复。黑夜虽然漫长，可是等到新的一天开始，朝阳总是那么美好！我们每天的开始，也都要有全新的姿态，像日历一样，翻开新的一页！

我们要释怀昨天、心系明天，而活在今天！

2010 年 6 月 25 日

感受天人合一

走在山边小路上，天地间，山水之美让人的心情也跟着好了起来。本来是因为郁闷才出来走走，可这一走，居然走出了自己局限的心境，走进了大自然心旷神怡的胜景。

极目远眺，天之高，高到心胸也随之宽广，心若大了，还有什么容不下的呢？放眼望去，远处视野之内唯有山石草木，因为没有了人的嘈杂喧闹，满眼都觉得清净。轻风拂面，空气因为流动而让人感受到它的真实存在，而风的存在也让人感受到了自己的存在。局促一室之内时，心中全是物与事，而立于天地之间时，想得更多的则是这小小的我。人总是容易在事务中迷失，而此刻才算找回了自己真切的存在。望着白云随风飘荡、鸟儿凌风展翅……我的心，似乎也跟着飞了起来！

人还是要经常出来走走，走出去才能远离不好的心境；人，只有行走在天地之间时，才能体会到天人合一的愉悦。

2010 年 6 月 25 日

孤 鸟

晚霞中，一只孤鸟，朝着夕阳西下的方向，在高空飞翔。

此时，鸟类大都早已归巢，唯独它，没有伙伴，还在努力前行！傍晚的平静，更凸显着它的孤独，夕阳的余晖更衬托出它的矫健和高远。我不知道它要飞向何处，但一定是远方！我看不清它的英姿，但我想它绝非燕雀，也并非孤鸿，可能它就是我心中的雄鹰！

我多想和它一起高飞！向着远方，努力飞翔！一直飞到自己想去的地方……

2011 年 9 月 13 日

如何对待背叛?

忠诚可以去教育，但不可以完全相信。

防止背叛，不可以指望品德，而须依赖条件，置对方于不可背叛的境地，有所掌控。

对待背叛，要有大海一样的心胸，要么包容它，要么吞没它。

防止背叛的关键，在于自身要具备不可背叛的实力。

2007 年 5 月 19 日

如何对待空虚?

无所事事、感到空虚无聊的日子谁都会遇到，那么，如何对待和度过空虚无聊？

面对空虚，在这段人生的空白期里，人其实应该好好地反省自己。回顾过去，可以更好地走好将来。空虚，不过是忙碌人生中稍稍长了点的休息。我们都想过幸福的生活、充实的人生，去做有意义的事情。美好的想法是空虚的最好填充物。

人，在衣食无忧之后，还要为国家、社会做点事情，实现自己的人生价值。个人所拥有的一切来自于社会，也应当回报社会。想到这些，人生是如此短暂，想过得好都还来不及，却还常常会有这样空虚无聊的日子来浪费生命！

2017 年 11 月 15 日

胜人先胜己

英雄也会有落魄的时候，何况常人不是英雄。月圆月缺，潮起潮落，人生浮沉，万事万物本是这样，人要从容面对落魄。

要战胜这些，需要先从战胜自己做起。

时间会让人懂得，以平常心面对困厄，以坚韧的心对待负担，不论何时何地都要珍惜生命的有限时光，过好人生的每一分钟，走好人生的每一段历程。再苦再难，都要坚强，都要心系梦想。何时何地，都要保持良好的外在形象气质，都要保持昂扬的精神状态，保持胜过一切的气势，保持心灵的巨大能量。

2011 年 4 月 7 日

做人如玉

做人应如玉，温润通透、表里如一。

玉的温润，最值得学习。一块老玉，经历了太久的冲击、沉淀和埋没，磨掉了棱角，渐没了燥性，变得圆润、温和而平易近人，这正是玉的美之所在。玉当初不过是石头，当它经历过千百年的沧桑变化之后，成了石中的美者。人，当初也都是有很多毛病，当经历过磨砺、沉淀，有了玉一般的经历，于是也能有玉一般的品格。

偶有美玉带着石皮，虽然带着不完善的天然缺憾，却显得那么的真实。雕刻者常舍不得把这石皮完全雕琢掉，因为那是岁月沧桑留下的印记，于是就让它留在命运的记忆里，这反而更丰富了玉的色彩，增加了玉的真实。人也一样，人生的经历总是带有缺憾的。做人，可以不完美，但不可以不真实！

2013 年 6 月 3 日

生活中感动的一刻

早上送女儿入园，看着她舍不得爸爸离去、即将上楼时回首挥动的小手和欲哭的小脸，我也莫名地湿润了眼眶……

佛说，人生有七苦，爱别离，就在其中。这世上，能与我别离而泣的人只有：母亲和女儿，给了我生命和我给了生命的人。这般苦，如同一杯浓茶，让我苦涩品味，而又甘甜无穷……

苦短的人生就是这样，总有一些片刻，让我由衷地感动而难忘！我们真切地感受着生活的悲欢离合和人性的心灵触动，岁月时光也在这每一秒的珍惜中悄然流走……

2016 年 10 月 14 日

人生几个努力方向

人生在世，有几个方向是要努力的：一是苦练内功，走“内圣”之道；二是多做事情，当一个有本事的人；三是介入有前景的行业，既能有所积累又要有所发展；四是厚积薄发，走“外王”之道，得到国家、社会和群众的认可；五是结交朋友，身边要有人群；六是做好投资理财，从经济上为家庭、事业提供足够的支持。

游滕王阁

游滕王阁，我感慨的不是“落霞与孤鹜齐飞，秋水共长天一色”的胜景，而是感叹滕王阁在历史上居然曾经 28 次倒塌，如今却依然美轮美奂地临风于赣江与抚河之畔……如果没有王勃的《滕王阁序》，就不会有今天的滕王阁！因为有人们心中的滕王阁序，才有这江边的滕王阁，这就是文化的久远魅力！阁楼再美，不过百年，真正不会倒塌的是文化。

感言

Gan Yan

人生有很多事情是不可逆的，一定要倍加珍惜：牙齿要爱惜，坏了不可逆；骨头要养好，病变不可逆；眼睛要保护，近视不可逆；人生历史要写好，做错事情如同覆水难收，人生经历也不可逆。

人生感悟篇

人之一生，有心有梦，才有未来。

男人一生，有几件事很重要：修身齐家治国，养心明志寻梦；为政为商为学，立德立功立言。

做一个有思想的人，人生就注定了要经历困厄。

人生要懂得珍惜、宽容、感恩、行动、合作、知足和养生。

大胆地追逐心中的梦想，哪怕是打折实现也好。

人生短如诗，亦应美如诗。

人生要做好四个词：微笑、志趣、事业、生活。

人生应当懂得幸福，并去努力追求幸福。

谁都不能离开平台，不管这平台多么不尽如人意，皮之不存，毛将焉附！

人，最高境界的皈依，是心灵的皈依。

每当你独自深思的时候，你才真切地感受到你生命的存在。

敢问路在何方？其实路就在脚下。

梦想是心灵的翅膀。

人生应当有留白的艺术，有所为，有所不为。

人要对自己的历史负责。

在事业的征程上，要学会与时间赛跑。

永葆独立自由之精神，需要保持自我、保持自主、保持自由，没有了这些，就丧失了生活的主动权。

成功常源自强烈的愿望。

人生在世，不能只会抱怨，还应做出创造、有所建树。

人生唯有功德与文章才能真正流传千古。

人年轻时吃苦受难都可以承受，而到了年老岁月，如再遭受挫折、磨难，则会是致命的。

意志若不能转化为行动，就只是昨夜的一场虚梦。

玩，谁都会，而玩总难以成为生存之道。人生还必须去下一些刻苦而单调的功夫，做难能可贵的事情。

毫不犹豫地去做你认为正确的事情。人性当中有很多词汇是优秀的：敏锐、果断、迅速、大胆、行动……也有很多词汇是成功的障碍：犹豫、迟疑、侥幸、主观、想当然、一厢情愿……

结交可以决定事业。

人要懂得从对外界的注重转向对自身的注重。

时运不济时，选择无为守常很重要，否则只能是徒劳无功或事与愿违，聪明反被聪明误、出力不讨好。

人要学会倾听自己内心深处最真实的声音！

视野无边，拓展无边，心量无边，能量无边。

用智慧改善人生。

时间在乎秒，阅读在乎少，处事在乎小。

人生的征途上，不论顺利与挫折、得意与困厄，都要保持坚韧，都要进取，保持昂扬的精神状态，保持整洁的外在形象，保持对生活的微笑！

有使命感的人是可敬的。

人生几条经验感悟：健康的身心是一切的基础；脚踏实地走正道；扛得住各种挫折与干扰；在本领域拼搏进取，力争做到前两名。

一个想成就一番事业的人，如果能一直保持当初的热情和态度，他将是无往而不胜的。

军旅之苦，是失去很多、收获无形。

军旅生涯，像杯清茶，飘出的是清香，品起来却苦涩。

险难之后，生命顿悟，于是懂得了去看天上的云和远山的树。

失败者是没有发言权的，失败者只能任凭不明真相者评说。

内圣外王的关键是解决从内圣到外王的途径和切入点。

一时心软，贻害无穷。项羽有心设鸿门宴，却因一时犹豫而失天下。

回顾过去，走过的路总是不尽如人意。然而，只有时常回头，才能向前走得更好。

凡事不欺心，直觉很重要。

做到克己无我，以群众的智慧来武装自己。

人生总有太多不如意，但生活总还得继续。生命就是这样在不圆满中真实而切身地存在着。

潜在的威胁往往就是真正的威胁。

要让智慧转化为财富。思想的力量只有转化为物质的力量才会更有意义。

既要学会放下手头的事，也要学会放下心头的事，学会放下，减少负累，才能找回自己、活得真实。

不可以放开去做，但不可以不放开去想。

踏踏实实地走，走的是直路；总想走捷径，走的是弯路。

不必在意他人的势利，重要的是自己要始终成为生活的强者。

仅凭感情往往是靠不住的。

讲感情的地方，最好不要再去讲利益；谈利益的地方，就很难再谈感情。

人的一生，除了追求财富、权力、地位之外，还应当追求学术和荣誉，做一个既有外在又有内在的人。

权力犹如利剑，既能伤人，又能伤己。

烈马总是不听话；种子总是经过埋没之后才能发芽；做正人君子就是会像它们一样。

生命中的时间是宝贵且有限的，我们的时间，除了一大部分不得不留给工作外，还应当留一些给亲人、留一些给未来，也留一点给自己。

修身养性，以待天命。

人生要有输得只剩下一把剑的勇气。

人生要有一部分活在未来与梦想之中。

人生要立志于努力增长自己的才能，很少有真正的才能是会被埋没的。它终会像砖石下的芽苗一样，尽管弯曲，但还是长了出来。

年龄对于人来说就是重要资本。成就事业需要趁着年富力强，一般 39 ~ 55 岁是成就事业的黄金阶段，再过于成熟，人就会变得保守世故，心态求稳而冲劲不足。

善于关上身后的门，太阳升起的时候，每天都是新的开始。活在当下，努力过好生命中的每一寸时光。将来回首往事的时候，既不因蹉跎岁月而后悔，又不因悲观失望而痛苦。

嫉妒是人性中很卑劣的一面，古今中外，有多少英雄豪杰，死得可惜可叹莫须有，原因其实很简单，就是一点：源于当权者的嫉妒。大凡人才精英都要注意防范嫉妒的伤害，这应是他们人生的必修课。

生活中许多事情需要等待，而有限的生命时光也在这不得不经历的等待中悄然流失。

理想与目标总是要打折的，确立的时候就应该适当高一点、大一点。

北大才子卖猪肉终成亿万富豪，说明人的基本素质是成功的决定因素，而不是行业，每个行业都能出状元。正所谓，锥置囊中，锋芒毕露。

良禽择木而栖，不好的人群、不好的单位，最好不要去，人通常经不起环境的考验。

在任何处境中，都不能丧失本我。

慎终如始。

最无奈的岁月里，人要学会劝解自己，再忙的事情都不必影响吃饭，再烦的事情都不必影响睡觉。

不优秀者渴望优秀，而优秀有时候对一个人来说反而是一种危险。纵观历史，惨死者多为优秀之才。

玩物丧志是古训，玩物尚志是谬论。心无二用，没有舍弃与扛得住干扰则难以成就志向。

再好的想法，如不能付诸实际行动，对别人如同不曾发生，对自己则如同昨夜梦境。

时机总是又少又短的，时机往往在犹豫之间稍纵即逝，仅留后悔，犹豫是不好的品性，人要善于果断地做出决定。

人生应当不断提升自己受教育的水平，现实生活中个人的很多局限其实是教育水平的局限。

要善于在危机时刻寻找出路，在弯道转折处赶超车辆。

可以看不起有钱的人，也可以看不起有权的人，但不可以看不起有理想的人。

丛林法则本不应该是但却实际是真实的社会存在。

人生在世，势位富贵是努力方向。

性格会在关键时刻决定你的选择，而你的选择会决定你的命运。

人生如逆水行舟，须不断鞭策自己向前。

诸葛亮一生唯谨慎。人生其实没有什么是必然的，一切都是由无数个偶然组成的，所以，整个人生过程时时处处都须谨慎。

个人的工作和生活，都不能离开良师益友。

文化水平低对人的制约是根本性的，并且是终身的。

学会用自己的心而不是眼去看待人和事，并且不要受两耳以及事情表象的干扰与影响。

生活中常常有些阶段，我们是无法逾越的。

客观、辩证地看待金钱与财富，财富只是手段，而不是生活目的本身。

生活要时常有归零的勇气。

人的活法有很多种，就像一棵杨树与一棵柳树，是没有可比性的，做最好的自己即可。

以平常心去生活，以不平常心去追求理想的生活。

记忆最久的是荣誉，伤人最重的是语言。

影响力是不可遏制的，就像一个电子，能量大了，必然会跃迁、发光。

布芦待时间，一定要在乎分秒。

人在努力之前，先要选对方向、找对事情。

读书是人之所以为人的前提，读书是自我改善命运的功课。

人一定要酷爱读书，而后才能有所作为。

在现实面前被迫放弃心中梦想，确实是件很痛苦的事情。

人生不仅要有实现目标的成就感，而且要有在实现目标过程中的兴奋感。

再美的风景，也没有在父母身边更让人留恋；再好的去处，也没有回家更让人向往。

很多时候生命就是一个过程，所以人生还是不要有太多的目的性。

目标的实现程度等于目标的高度减去干扰的程度。

今日之所得，是昨日之所想；明日之所得，将是今日之所想。

人到了一定年龄，要经常想一想，假如不久就要死去，你会去做些什么？

事情的结果往往会打个折，既没有希望的那么好，也没有担心的那么坏。

想成为什么样的人，就得多和什么样的人交往。

要把人生有限的时间和精力聚焦到有意义的主业上。

人生有时很矛盾也很公平，有权有钱的人没有自己，一无所有的人，穷得只剩下自己。

人有一种最冤的死叫作死于嫉妒，所以有才有钱有权有势者低调和守拙很重要。

依自己的本心和直觉为人处事。

谦虚低调者平稳，趾高气扬者易倒。

眼光要多些关注，心中要多些意识，很多时候失误是因为根本没有想到。

家庭在教育和健康方面的投资是多多益善。

但凡创作，都须及时抓住灵感。

人有了好的想法之后，还要能排除困难、扛住干扰，把想法真正落实到具体行动之中。

为学之道，贵在悟性，悟性是一种先天智慧。

全面准确地掌握信息可以有效地防止主观主义错误。

家庭的四大基石：一是为人处事合乎道理；二是注重积德行善；三是讲究智慧；四是要勤奋。

写作务必要随时记下灵感，一旦搁置常常会拖至永远、再无下文。

人生要懂得八个字：微笑、事业、志趣、生活。

人生的征途上，不论顺利与挫折、得意与困厄，都要坚韧，都要进取，都要保持昂扬的精神状态和整洁的外在形象，都要保持对生活的微笑！

时间要在乎秒，阅读要在乎少，处事要在乎小。

时间是生命的载体，拥有自己的时间才算真正拥有了自己的生命。

人生要想不被动，需要保持自由、保持自主、保持自我。

人应该时常问一下自己：在有限的生命时光里，有哪些事本来应该去做也能够做，却还没有意识到？有哪些事本来应该做得更好一些，却没有尽心尽力、疏于懈怠？又有哪些事本来不该去做，并没有实际意义，却还身陷其中？

人生时运不济时，宜选择无为守常。

人生难免有时走错路，但一定要懂得及时迷途知返。

经历的事情，触动不大则感悟不深。

宝剑须经过千锤百炼反复淬火，人性须经历万般艰难几番困苦。

在很多时候，成功显得比品德更重要，因为有品德者常有，而成功者却不常有。

别人对待你的态度，其实都是你自身造成的。

势利乃人之天性，重要的是：自身要有势，对人要有利。

不必抱怨别人的势利，而是要始终做生活的强者！

控制力是一种很高的境界，唱歌、书法、养心、为人处事的水平都体现在控制力上。

滋养自己的心地，向自己的心地要宝藏。

想大得中，想中得小，制定生活的目标要留得够余量、经得起打折。

对人的成长真正起长远作用的是志向。

漫长的人生路上，难免会出现一段长征般的苦难历程，不过，当这段泥泞的道路走到尽头，总会有柳暗花明的转机出现。

人要脚踏实地地走正道，而不要老想着抄近道，走正道虽远而能至，抄近道则常会迷失道路。

人常因为干扰而改变初衷。

人与武器装备一样，都要扛得住各种干扰。武器装备经不起干扰，性能指标设计再优良在战场上也无法正常发挥；人经不起干扰，再有才能志向也无法做到善终。

封闭对一个人的伤害是致命的，封闭会导致落后、愚昧，从根本上废掉一个人。

受教育程度的制约对一个人来说是根本性的制约。

知命运，懂伸守。

要善于在挫折与失败中批判和反省自己。

只要命还在，一切都可以重来！

个人一定要对自己的历史负责，个人的经历是不可逆转不可更改的。

保守，有时是一种保护；危机，有时是一种机会。

人生有三点必须把握好：去对地方，找对人，做对事。

完美主义者结果往往并不完美。

从洞穴到光明容易，从光明再回到洞穴就难了。

江河无坝不发电，人生无坎不修炼。

没有平台的人生，如同野草，有平台的人生，如同盆景，草还是那种草，但平台决定了身价。

人生命运是由无数次的偶然勾勒而成的，人生没有办法去假如，也不可以重来，对人生起长远指引作用的是理想信念。

天有四时，人有浮沉，当时运不济时，还是选择无为和安分守己为上。

正确的三观应该是懂得生活、实现价值、追求幸福。

生活要多些打算，少些无聊。

努力与时间赛跑才能跑赢未来。

人生要懂得留白的艺术，有所为，有所不为。

人生的活法有很多种，不同的人生就好像杨树与柳树不具有可比性。

苦难是人生的财富，苦难能砥砺心性、感悟智慧。

独处是生命中不可缺少的时光。

能够拥有自己的时间是成功人生中的一件幸事。

家庭的投资首要的是教育，其次是健康，最后才是生意。

剥夺一个人受教育的权利是从根本上残酷对他。

物质上需求越少越幸福，精神上需求越多越幸福。

个人能够改善命运的途径在于读书与积德。

人有时需要试着将人生的阅历清零，找回儿时的童真欢笑。

人生要想有前途，就要趁早介入未来能不断发展壮大的行业。

人可以理智地控制自己，但不能长久地欺骗自己真实的情感。

优柔寡断是性格一大缺陷。

青春属于人生只有一次，青春应该是无悔的。

用人导向是无声的人事制度。

生活质量高的几大指标：活动的范围要尽可能广、大、远；生活内容尽可能地丰富；心情尽可能地舒畅。

人要有点长征精神和西天取经的精神：对人生中漫长的艰难困苦以坚挺熬过去；永不止步；要想修成正果，经历九九八十一难是必要的；坚持住自己的梦想，再苦再难都要努力让梦想成真！

做事有所选择，不把有限的生命浪费在没有意义的事务上。

一个人一生只能做好一项主要的事情，过多的选择会付出很大的时间代价。

生活就是这样，当时苦了就苦了，所以要尽量避免苦；时间过了就过了，所以要尽量有所积累。

懂得放弃沙滩的贝壳，而去拥抱整个大海。

人们常常悔恨昨天，期待明天，而又让今天在蹉跎中流走。应该心系明天，走好今天。今日之所得，是昨日之所求，明日之所得又会是今日之所求。

人活世上，要以拼搏赢得尊重。

求神不如求人，求人不如求己。

一个人一定要努力找到人生梦想与现实生活之间的切入点。

能够真正深刻批评自己的不是父母和领导，而是自己。

生活常常需要从心灵上超越现实。

人不能没有梦想，放弃梦想是残酷而痛苦的，放弃梦想甚至还不如躺在梦想里，让梦想侥幸地欺骗自己。

经历过黑暗，才会更加懂得珍惜光明。

家庭的持续发展在于生育、教育、健康以及文化的传承与财富的积累。

人经历过死亡的险情会更懂得生命的珍惜，活着就是美好的，看到蓝天、白云、青山绿水，哪怕一缕清风吹过，都应感到人生存在的美好。

为人要有宽容心、慈善心、忍让心，但同时也要懂得识人、知人、防人。

人无千日好，花无百日红，人生在世，不要过早地把自己的人生推向高峰。

人要慎重选择，选择了小路，小路就会左右你；选择了职业，职业就会改变你。

人生不论身处何地，都只不过是生命的一段历程或一个驿站，都需要有一颗平淡从容的心，珍惜并走好人生的每一道风景线。

抓紧时间，就是与有限的生命赛跑，一定要把时间、精力、心思花在正事、主业上。

要想安身立命，身体是本钱，经济是基础，交际是机缘，道德是底线。

留白是艺术，不仅适用于书画，也适用于人生、政治，艺理即哲理，当今社会，拆迁难是因为建设没有留白，污染重是因为开发不懂留白，回头难是因为生活不懂得留白。

人的一生其实一直都是在逆水而行，一直都在试图打破各种局限，一直都在为改变不圆满、不如意的处境而努力着。

人与人的差距，先从工作岗位上的差异开始，之后导致思想认识水平上的差异，进而会拉开能力素质上的差距。

学习、思考、游历、交流，此四者为人之成长所必需。

煎熬，不仅是炮制中药的良方，也是成就事业的良方。

潜能多是逼出来的，成就都是熬出来的。

一个人来到这世间走一遭，要当一个使者，不要仅仅当一个消费者。

目标确定之后，接下来起决定性作用的是习惯，目标决定宏观，习惯决定过程。

心性比聪明重要，习惯比心性重要。

人难得的是一直保持纯朴，不要在世俗中迷失自己；不要耍小聪明，小智大智之贼也；也不要贪小便宜，贪小便宜吃大亏。

静坐下来思考，有几点生活的感悟：健康的身心是一切的基础；脚踏实地地走正道；扛得住各种挫折干扰；在何时何地都要拼搏进取到本职业务的前两名。

人要乐于潜心去做长期的、艰苦细致的工作。看电视、看杂志谁都会，但看多久都成不了专家、人才。一个人只有在一条艰苦的道路上走得久远，才能超越常人。

人生要防人嫉妒，但是，宁可做个受人嫉妒的人，也不能做一个让人同情的人。

一个人既然委身于国家，就难免会迷失掉自己。

每当独处时，都应该沉静思考这些问题：人的一生究竟应当怎样度过？什么样的人生才有意义？应当怎样去追求幸福？

修身养性篇

磨难常常是老必天使和英雄特意安排的邮。

苦难是砥砺心性的基石，是激发智慧的源泉。

向内力求修养，向外力求行动。

道德在于勇于舍弃不该得的利益，在于战胜情欲的矛盾斗争，故而，有道德者常常是自苦的。

品德与雅量成正比。

清闲与独处，是人生不可或缺的时光，人要有真正属于自己的时间去感悟并享受生活。

气质是不可掩饰的，唯有内外兼修，人的气质需要以文化底蕴作支撑。

改变自己的人生往往需要先从改变自己的心性做起。

人生在世，养心为要。世界是唯物的，具体到个人来讲又是唯心的，一个人来到这个世界上，从一无所有到有所拥有，一切都发自心端。

要时常问自己三类事：有哪些事，不该做却还在做？有哪些事，该做好却没做好？还有哪些事，可以去做却没有去做？

一个的思想其实是其见闻、经历的微积分。

人人皆可为尧舜，每个人的潜能都是巨大无限的，这一点拉开人类时空距离就可以想象得到，有时是因为环境所限，导致人在处事上表现为守、缩之势。

人生在时运不济阶段，还是宜抱朴守静，定心念，不妄动，平淡守正，无欲无咎，防止事与愿违。

纯朴是一种无形的美。

健康的身心、充沛的精力是成就事业的基础。

在成就一项事业的过程中，保持热情很重要，热情能决定态度。

培养坚韧的心性就像打造一把好剑，需要经历千锤百炼、剧烈淬火和长期磨砺。

节制和耐性是很好的品性。

这世界上并没有魔鬼，魔鬼其实存在于人性之中，对人之教化，就是要不断完善人性而抑其心魔。

沟通越多，矛盾越少。

压抑人性固然不好，但鉴于人性的复杂，人性也需要合理、适度的限制，不然整个社会就会乱套。人类的发展史，同时也是人性的外在解放史和内在完善史。

从自我否定中走向自我完善。

人要学会坐忘，在独坐中忘掉烦恼的事务，在沉静中找到真正的自我。

每个人都面临着两个世界，现实世界和精神世界，人常常需要超脱现实世界，修炼精神世界。

宽容是一种大德。

人的发展在于内在学习与外在结交，人要谋求可持续发展，就需要不断提高自身受教育的水平并拓展和突破结交圈。

如果心性足够稳健宏大，福报和财富也会随之而来。

如若聪明有余而心性不足，则仍不足以成事。

吃亏彰显品格，自苦修成道德。

幻想、侥幸和犹豫是人的心性中很不好的三大缺陷。

有的人生意做得很大，有的人职位当得很高，当我们无法做到这些时，只能转向自己，把心耕耘得很深。

做人做事依自己的本心和直觉做决定。

个人在尽力对外做事的同时，也要沉静下来注重自身的建设，懂得在健康、学习、发展方面持续投入时间精力和金钱。

凡事不欺心，直觉很重要。

要想学会游泳，非下水不可；要想获得真知，非实践不可。

事情只有触及灵魂，才会激发人的潜能。

理想与志向是催生才干的动力源。

学会用心而不是用眼去看世界。

不少人失败不是因为无才，而是因为才高自负。

心性与智力同等重要，判断准确在于智力，做得到位在于心性。

人要常怀敬畏之心、悔过之心、感恩之心。

个人在向前冲的同时，要不忘自身建设，崇高者常常孤独，圣贤者往往寂寞。

量小者德薄。

磨难使人困苦，困苦使人思索，思索使人心志超群。

个人要回到人群当中，向群众学习，否则，乖僻自是，悔误必多。

如果苦难不可避免，就必须懂得化挫折为力量、化困厄为磨炼。

孤独几乎是哲人的共性，孤独总是与超凡脱俗的冷静思考相伴。燕雀成群，而鹰隼总是独自翱翔。

吃熟悉的饭，走熟悉的路，做熟悉的事，交熟悉的人。

经历与视野决定人的格局。

人要勇于忘掉昨天那个并不完善的自己，回到一种虚空的境界，进而重塑一个正确、智慧、全新的自我。

心性比聪明更重要，习惯比心性更重要。

人性是复杂的，人性也是需要修正的，任何时代、任何国度，都面临抑制恶劣人性、弘扬美好人性的问题。

倾听自己内心深处微弱而真实的声音，用自己的心去观察，而不为外界视听的扰乱所动，相信自己真切的直觉判断。

人需要经常滋养心力。

有很多性格因素在人性当中是优秀且需要发扬的，如敏锐、果断、迅捷、大胆、行动等，但又有一些是缺陷需要注意克服，如犹豫、迟疑、侥幸、一厢情愿、想当然等。

一个成熟的男人应该具备豁达的性格、宽厚的胸怀、灵活圆融的情商、沉稳的心理素质、过人的胆略、恒久的毅力、严格的自制力和深沉的城府。

人总是在应对难题中激发潜能和灵感的，要想有所成就，须有任务作为牵引；使用是最好的培养，岗位是最好的锻炼。

人的社会价值体现在交往与做事之中。

为人处事篇

做大事情，首先考虑的应该是风险，而不是成功。

以平淡从容的心态，对待好与不好的人和事、顺与不顺的时光和环境。

学会成熟地对待人们的世俗和势利。

好人首要的是存在与发展，而不是和坏人一起湮没了自己，坏人自有他存在的道理。

结交一定要慎重，遇人不淑必将自食其果。

困局之内，必须掘井自救。

要想成就事业，不能仅凭能力素质，有两点必须做到：一是善于团结人才；二是善于听取建议。

人要多去做难能可贵的事情，习贯去做艰苦细致的工作。

心要像井水一样，不起风波。

要善待身边的每个人，哪怕是当时远不如你、很没用的人。

慎独是自律的最高、至真境界。

真诚，是为人处事的最大技巧和最高智慧；人的虚伪，往往是只有自己不知道，别人都知道。

真正的儒士在穷极事物道理的同时，还应该做出些实在的事功。

要遵循事物的客观规律去做事，而不能凭自己的主观想象去做事，忘掉自己有时比相信自己还正确。

目光能看多远，事业才能做多大。

要善于抓住形势，而不必过于纠缠于细枝末节。

身可以被身边事束缚，但心不可被身边事困扰。

人与人之间交往的本质是等价交换。

不好的环境场所，一定要远离，不能因为一些小的利诱而陷进去。人是渺小的，白沙在涅，与之俱黑，概莫能外。

人生不论身处何时何地，自己都要使自己健康幸福。

打仗不能被敌人牵着鼻子走，做人不能迷失在别人的议论中。能容得下天下的诟病，才能为天下的宗主。你打你的，我打我的；你说你的，我做我的；我心光明，亦复何言！

常人交际的出发点，大都是“有用”，所以立身做人，一定要先成为一个“有用”的人。

势利是人之天性。自身有“势”，才能“利”他。

别人对你的态度，其实多是你自身造成的，有些情形下，立于不败之地，比坚持真理更重要。

做决定时，谁也代替不了你自己。

弱国无交，弱者无朋友。

人，不能因为一心想着未来，而失去了现实，就像一心想着赶路，却忽视了路边的风景。

当潮水低落的时候，泥沙石头就会显露出来；当权势不在的时候，世态炎凉就会暴露出来；当经济窘迫的时候，家庭矛盾也会激化出来。

人与人的交际就是要找到彼此间的“交集”，要有共同的切入点。

要学会在模糊的情况下做出辨别，在干扰的情况下做出选择，在条件不完全具备的情况下做出行动，在困难重重的情况下把想法实现，因为，理想状态在现实中是根本不存在的。

不为外人言语所动，倾听自己内心深处微弱但真实的声音。

人的社会属性远比自然属性重要，马克思也认为人的本质就是社会关系的总和。

人要多结交良师益友，去接受正能量和好影响。

幸福与简单成正比，越简单往往能越幸福。

凡事都要有时间表，不然，很多事情一旦搁置，可能就再无下文。

能深谙人情世故者方能为圣王。

父母即使不在身边，也总是用心灵在守望着我们。

社会之大，不缺少人才但缺少发现；人潜力之大，不缺少能力但缺少平台。

一个理想的工作职位，尊重与归属感必不可少。

要想有所发展，须先找准定位。

不必奢求情谊的永恒，外人对你的态度，其实是随着你的处境、实力、行为的变化而变化的。

对人的了解，须知其长、知其短；对事的把握，须知其对、知其错；对物的鉴别，须知其真、知其假。

每一分钱都要花得珍惜，把一元钱当作十毛钱花的人，可以比大手大脚的人多出九个数。

时间在乎秒，花钱在乎少，做事在乎小。

为人处事，宜因人而异，前提是要看透对方的本质。

犹豫是成事的大敌。

不与不善之人交往。

与人相处，要留条后路。

生在世，需要分清楚，哪里只是驿站，哪些只是历程，而什么才是真正的事业？

水至清无鱼，人至察无徒，为人之道，难得糊涂。

看待一个人，其操守最能体现其本性，在权钱色面前经不起诱惑的人，是不能够完全信赖的。

洞悉人心是最难的，它需要拨开虚伪的语言和复杂的表象。

想与做之间，还有一段距离。深思熟虑之后，能果敢付诸实际，并精准做到位，这才算是真本领。想得再好、说得再好，都只能算是成功前很小、很短的一段路程。

要做一个受人喜爱的人。

谈做人其实就是要做君子不要做小人。

做事精明，做人糊涂；做事严谨，做人活泼。

为人处事中，错误总是难免的，重要的是，你的错误要能得到包容。

困厄之中的朋友值得终生珍惜。

仅懂得如何做事是远远不够的，一定要善于做人的工作，一切必取于人，招贤纳士、知人善任某种意义上来说要先于对事本身的谋划和思考。

为人处事有时需要像打太极拳一样，化强硬为圆转。

为了防止重要工作出现失误，一定要有校验环节和备份渠道。

工作中的协调配合，不但要注重思路与方法，还要注意态度和语气。

发言要慎重，要考虑时机、场合、对象以及当时自己相对的身份定位。

对人对事都不能要求完美主义，都不能要求百分之百。

想法与预期落实到现实中总是要打折的。

人生过程中很多境遇都是偶然的，所以整个过程都不可不谨慎。

如果厚积而没能薄发、内圣而没能外王，就能不说是读书人的悲哀。

有使命感的人值得尊敬。

人与人交往的本质是等价交换。

对于拥有巨额财富的人来说，不能仅把财富当成自己的，还要当成是社会的，用好财富而不奢侈浪费，既是修养也是责任，既是常理也是天道。

不论是人、事还是物，都是宁缺毋滥。

社会如同丛林，交往和去处一定要有所选择。

在事情的选择上，人首先要懂得是非。

对于心性而言，犹豫是缺陷，耐性是美德，无我是智慧。

只有那些你曾经有恩于他的人，才是真正值得信赖的人。

做事之前，先要拜师，名师指路，少犯错误。

家庭就像消耗时光的无底洞，要想争取学习的心境，还是要走出家门。

人一定要做生活的强者，成功可以遮住很多缺陷与不足。

谨言慎行，四个字虽然字数很少，但是分量很重。

河愈深而水愈静，人愈高而言愈寡。

钱只是经费，情谊才是真正的财富。

处理人际关系的要诀是换位思考。

人之交往，唯有以付出换回报、以真心换真心。

嫉妒不可不防，嫉妒防不胜防，但宁可遭人嫉妒，也不可让人同情。

交往与做事，既要看到光线，也要看到影子。打仗要先想好撤退的路线，经营要先想到失败的风险，盟友要事先考虑翻脸的可能。

儒家的“内圣外王”用现代语言诠释就是对自己讲修养、对他人讲影响。

目标要定得稍高一些，要经得起打折。

任务如果没有定好时限，就还只是不够成熟的想法。

人不成熟多是因为少不更事，人要乐于多做事，通过做事来丰富人生、提升自我。

如果最后成功了，吃苦就成了锻炼；如果最后没有成功，锻炼就成了吃苦。

虫子以屈伸求前进，做人以屈伸求发展。

与男人交往，首要的是从心里真诚地看得起他。

做男人要有大海一样的心胸，高山一样的气节，梅兰竹菊般的情怀。

男人的魅力需要有事业作为支撑，内涵也必不可少，相貌则居其次。

作为领导，对于部属的辛苦付出，要看在眼里、记在心里、挂在嘴边。

对人的管理不外乎定制度、明赏罚、讲情理、教做人。

小错要容，大错要惩。

人一生中不断变化的只是位置，而非天分和素质，如果能想到这些，那些身居高位的人就不至于狂妄自大了。

魅力来自实力。

为人处世最难打破的是身份标签，最难摆脱的是有色眼镜。

以中正立身做人。

视野窄小的人更容易自以为是。

凡事做到将来不至于后悔的地步。

沟通可以消除对立。

吃熟悉的饭，走熟悉的路，用熟悉的人，做熟悉的事。

没有难度、深度和强度的学习是难以成才的。

藊悠事的艺术在于选择时间和地点。

修身养性常常难在超越自身的局限。

不做过于勉强的事。

气节有时可能是无益而有害的，但气节绝不能是可有可无的，气节是人性中超越了利益之外的高尚部分。

大丈夫要有情有义，但决不能为情所困。

为人处事的哲学还是以折中、制衡为上。

人际交往，要多沟通交流，话要说到；要多来往走动，人要走到；要礼尚往来，情分要到。

男人要扮好四个爱的角色：作为儿子，尽可能敬爱一些；作为父亲，尽可能关爱一些；作为丈夫，尽可能恩爱一些；作为朋友，尽可能友爱一些。

人们对水的态度是因水的清浊而改变的，人们对你的态度是因你的成败而改变的。

做事力求精，做人尽管傻。

人要先把自己淬炼成一把宝剑，之后才能谈所向披靡。

人生在世，健康幸福之余还要给自己找点儿正确的、充实向上的、有所发展的事情去做。

想成为大人物、麟大事业，就须有大度量。

直来直去可以是很好的品格，但并不是处理问题的很好方式，这其实是一种简单、低层次的思路，不懂得迂回和巧妙，总难以更妥善地解决问题。

做事就要做有难度的事，一件事会做的人越多，它的价值反而会越小。

信任那些经过考验的人。

可以为感动而流泪，不要为失败而流泪。

个人所拥有的财富都来自社会，所以个人也要懂得回报社会。

君子不必与小人同归于尽。

做最好的自己，别人对你的态度也会因为你的改变而改变。

对人，扩大交际交流，访求良师益友，广结善缘；对己，克己无我，虚怀若谷，藏纳智慧。

人生沉淀一个朋友其实很难，需要经过时间、地点、性情、兴趣等多种因素的长久综合。

最真的话只有最亲的人才会对你说。

人要多去做事，在做事的过程中锻炼提高自己并结识志同道合的朋友。

做事与做人还是有所不同的，做事宜严谨，做人宜活泼；做事宜精明，做人宜糊涂。

不要贬低敌人和对手，那样只会同时贬低自己。

三件事九个字要常记在心：练内功、结交人、做善事。

不必刻意为交朋友而交朋友，在共同的事业过程中，自然会结识到志同道合的人。

人过中年，要开始懂得做减法，减少不必要做的事情，减少不必要的交往，减少不必要的心思，学会在简单中体会幸福。

即使现实生活不如意，心中仍要有“足乐者”；可以拖着疲惫的身躯，但仍要怀揣激动的梦想。

人生最宝贵的是时间，浪费时间的事不做，浪费时间的人不交，最优化地安排好时间，让每一段时间都过得富有意义并感觉舒心。

孝是人生的首选，给父母钱物不在于多少，但心意要到，穷人也有自己的孝敬方式。父母的心愿多是希望儿女过得好，子女自身能够出色，让父母引以为荣，本身也是对父母很好的回报。

面对世界，人应该有谦卑的态度。

要看清一个人，不能只看他如何对待你，还要看他如何对待别人。

人之交往，既要有“泰山不让土壤”的包容，不论贫贱富贵，又要有“良禽择木而栖”的挑选，选择良师益友。

在谈论交流中，重要的不是高谈阔论，而是洗耳恭听。

为人处世的高境界是真诚善良做人，保持高雅的生活志趣，追求审美的人生，做一个精神上富有的人。

思想事理篇

凡事不可寄希望于侥幸，而必须取于人。

我们喜欢的每一首歌曲，其实都代表了一段故事，我们喜欢的每一首诗，其实都写照了一份心情。

功夫在诗外，事业在八小时外。

物品越注重细节者越高贵。

凡事要做到以后不至于后悔的地步。

工作的方法套路其实也很简单深入群众调查研究，发现问题、分析和解决问题。

学术应该包容，可以争论但不应该相互攻击，没有碰撞就没有火花和新的进步。

自我否定是事物发展的高级阶段，人开始自我否定时说明已经到了即将质变的地步。

灵感不会凭空而来，需要在有所参照的基础上得到启迪，创新总是在修正和批判之中发展的。

做一件事情不能只谈方法而忽视人的因素，人的能力素质、思想作风、认真忠诚等情感意志因素也至关重要，这些因素可以成事，也足以败事。

通过积累文化，从内圣走向外王是儒学思想的核心，“腹中贮书一万卷，不肯低头在草莽”，文化对于个人、国家尚且如此重要，对于一个在市场中打拼的企业又何尝不是如此呢？

博弈的思维适用于各种领域：考试是应试者与命题人的博弈，作战是我方与敌方的博弈；博弈的难点在于判明对方企图；随着时间的推移，博弈总存在此消彼长的平衡点与失衡点。

真，是善与美的前提。假花虽然比真花更好看、更持久，但总难以让人心动，因为与真花相比，假花缺少生命力。

不要轻易去开始一件事，要么就做好，要么就不要去做。

凡不尽如人意的现实，都应尽快想方设法加以改变。

现实是最有说服力的教育。

留白是艺术，艺理即哲理，适用于书画、人生包括政治；当今拆迁难是前期建设没有留白，环境污染重是开发不懂得留白，人生回头难是生活不懂得留白。

艺术的高度是对人性潜能的挑战，难能可贵是艺术所致力追求的境界。

对于人才，培养的不如挑选的，挑选的不如天生的，自发生长、崭露头角者多为难得英才，不应打击，而应惜用。

用人才之难，难在容人才之量。

事物对于个人而言，有心则有，无心则无。

只有正义之人，才能走向高远，不正者必倒，连摆积木的孩子都懂得这个道理。

不贪图小利就不会上当受骗。

控制力体现了艺术和能力的崇高境界。

如果没有突击性，就难以又快又好地完成一项工作。

很多事都是无中生有，宇宙从无爆炸，膨胀伸张，后又收缩形成黑洞，回归到无；万事万物也都是从无开始到无结束；万法本闲，大道至简，有时候事情复杂了，是人为地搞复杂了，但终归会尘埃落定、水落石出。

炒股就是在重演现代版的西西弗的神话。

艺术有时候不过是用人工来还原自然。

山石之美，美在奇险；建筑之美，美在匠心；人文之美，美在真善。

好玉不成器，好才不成用。

生活中不要做类似打碎花瓶的事，千辛万苦，最后却因为一点点失误而前功尽弃！

人的本质表现为生活目的和价值观取向。

欲成就事业，除自身能力素质外，还须做到两点：一善于团结人才，二善于听取建议。

人生在世唯有文字和功德能真正流芳千古。

政府工作就是以群众之智做群众之事。

忙对事很重要，忙碌并不一定有价值，小孩子玩玩具也很忙。

否定，是思想认识和事物发展的高级阶段。从敬慕它、学习它，到掌握它、精通它，再到否定它，是一个逐步提升的过程。先是要有，之后才有破，有破，之后才有立。

做事不能等到什么条件都成熟了才去做，很多难能可贵之事都是在不圆满、不完美的情况下去努力争取而来的。

对待事物一定先要平衡，之后才能权衡，执其一端则必定偏颇。

学习一个行业，学习到要否定它的时候才算真正学透了它。

制度固然重要，风气也很关键。风气反映了制度与人群的结合程度，制度在纸面之上，风气则在人群中间。

真正的思想家大都是现实生活的总结者，而非纯理论的学习者，像卢梭、莎士比亚、毛泽东，他们的真理思想大多直接来自实践。

铤而走险、以身试法是不要命，贪图享乐、骄奢淫逸同样也是不要命。

有采撷才有启迪，博采众长而后才有创新发展。

人总是在苦难之中寻求信仰，在安乐之中失去信仰，这非人之过，而是事之理。

要乐于做艰苦细致的工作，玩是很简单的，但是会玩不足以生存发展。

学习能力在于两点：专心的程度和读记的速度。

文学的生命力在于立意高远，好的文学家首先应是好的思想家。

向错误学习是事关成败的学习。

将复杂的事情一一分解开来，就会变得简单。

财富只是生活的手段，而非生活目的本身。

做事与做学问，仅有长期的量的增长与积累还不够，还必须有质的飞跃与突破。

以是否“有用“的功利心态去学习，是求知的大敌，求知与探索需要保持一种超越世俗的好奇心。

一个人也好，一个组织也好，一个集团也好，做功德多者盛昌，做孽债多者衰亡。这不是唯心与迷信，这是天道、人道的规律。

打基础的工作是长期而艰苦的，打基础的最好途径就是树立目标，细致做好在上面建设大厦的各种准备。

人的先天智商就像人的个头一样相差不了太多。

人类要实现星际旅行的梦想，必须打破飞机飞行的思维定式，在以“场”而非空气作为载体的无形世界里，人类可以获得更大的能量和更快的速度。人类依靠拨动地面、拨动水实现了低速运动，靠空气动力实现了高速运动，未来人类需要靠变动“场”来实现极速运动。

生命的伟大不在于怎么生，而在于怎么死。

强者恒强，弱者恒弱；如不加以限制，贝U强者更强，弱者更弱。

凡事都要有核心，大到银河系，小到原子核都有核心，组织要围绕核心旋转，工作要围绕核心展开。

对一个人的客观真实的评价一定是群众的评价，而领导则不要轻易评价一个人，因为评价总不全面。

对人的教育有表扬和批评两种手段，很多时候，表扬比批评更有效。

让有见识的人决策，让有经验的人做事。

很小的领导也需要很全面的素质，比如：容人的气度、规划目标的能力、善于做人的工作、自律能力等。

节奏，是最佳的用力方式，书法、艺术、战争无不如此。

学术研究如果只从书本资料中来，而不是到现实实践中去，就难有真正的创新发展。

对人的管理，除了制度纪律，还必须要有感情。

在信息时代，要懂得拒收垃圾信息。

提升管理工作有两个切入点：一是更加精细化；二是更加突出人文关怀。

语言的表达不仅要注重内容，还要注重语气，语言的感染力更多是来自语气。

胜利赢得团结，失败招致怨恨。

作为主官不宜轻易表态，因为主官一旦有了立场就容易失去那些持有不同意见的人。

思想理论体系的产生大都是酿蜜式的，博采众长而后自成一家。

最初的筹划也需要立足于事情有向极端化发展的可能性，有扩大化的准备才能做到掌控有度。

人类的现实世界，实际上是人类精神世界的物质化，改造现实要从改造精神开始。

人类的思维水平是从一元向二元、多元不断提升的，一元朴素，二元辩证，多元则混沌而又实际。

基层忙于事，中层忙于人，高层忙于思。

正确的答案只有一个，而错误的答案则千奇百怪，从这一点来说，英雄所见略同，是因为其正确性。

创作一定要及时抓住灵感，一旦错过就永远错过了。

人才之道，挑选重于培养，挑选范围越广，所选人才也越优秀。

学习的要诀在于专注。

多做事是至关重要的，能力通过做事来锻炼，权力通过做事来加强，威信通过做事来提高。

管理工作要因人性而变动，既要激发人性中向上的一面，也要抑制人性中堕落的一面。

演讲前要注意与听众换位思考，演就是增加形象气质的吸引力，讲就是说的话要让人容易记住。

年轻人的理想追求、道德修养主要还是来自家庭而非老师。

事物的发展与过渡都分阶段，阶段可以加速却不可以跨越。

凡做事，先定性后定量，才不至于事倍而功半。

危机就是危和机，一半危险，一半机遇，应辩证冷静对待。

人务必要保证始终立于不败之地，因为多数人都是势利的，有些时候，成功比品德更重要。

有道德的人注定是自苦的。

如果能够以拼命的精神知难而进，连困难都会畏惧三分。

对不合理、不满意的地方，不熟视无睹、不习以为常、不姑息迁就，批判地发现它，果敢地改变它，尽快地完善它，这本身就是进步与发展。

实现决心之难常在于各种干扰。

写作总是与苦闷相连的。人如果没有经历过在命运面前的苍白无力，就不会真正理解圣贤发愤之作。

一个文学家，首要的并不是才华与文笔，而是思想与情感。

说话的艺术在于能站在听者的立场上换位思考。

弘法传道之人，要想遍走世间，做到酒色财气四大皆空是很有必要的，只有这样才能让人真正放心和接纳。

错误是不可避免的，但错误不能出现在重要时间和重要地点，错误最好是能在平时的练习过程中暴露出并改正掉。

思想必须与行动结合起来才能形成力量。

进入任何一个领域，都存在一个从崇敬它、熟悉它，到否定它的过程，只有学习了解到能够否定它的程度时，才算真正的内行。但是，又不能一开始就否定一个领域。

对于生活现实，弱者是去适应，强者是去改变。

很多时候，是理由本身出了问题，坏人在作恶的时候，也会给自己找到充足的理由。

立意和思想是文章的灵魂，优秀的文学家大都是深刻的思想家。

收藏不可避免地要分阶段循序渐进，在眼力、财力上，由低到高、由贱到贵、由粗到精，逐步升级。

一幅中国画，若不能从中做出一篇好诗或写出一篇美文，则不能算作一幅好画。

修改文章如同打磨玉器，千万遍地反复才能琢磨出美的光彩。

欲要成功，先需痴迷，成功大都经过痴迷的过程。

家庭之中每个成员都很重要，年长者虽已无力挣钱，但老人健康可以为家庭省钱；年幼者虽还不会挣钱，但孩子优秀能让家庭充满希望。

要真正关心一个人，一定要关心他的生活；要真正了解一个人，一定要了解他的生活。

投资之前，要先想到赚钱是件很难的事，如果标榜钱能来得很容易，那其中必定有诈。

人们通常易犯的一个错误就是把才能看得太重。其实在很多情况下，才能都是次要的，一位文学家，首要的是思想，而不是文笔，一位政治家、军事家，首要的是正义感，也并非才能。

连禽兽都不会傻到自寻死路的地步，却常常死于没能够抵制住诱饵。

就辩才而言，天资是决定性的，玉不琢不成器，但前提是要是玉。

做事既要有能力素质，又要有好的时运，一个是主观因素，一个是客观因素，客观因素常常更难把握。

很多事情，工夫在诗外，事情的成败也经常取决于事情本身之外的因素。

把持行为比明白事理更重要。

审美思绪篇

人应该常到青山绿水间去审美，去体会天人合一的皈依感。让长风吹动你的思绪，让你在风中感慨过去、面对现实、展望未来。在云端涌起壮志豪情，在心胸回荡畅想人生。

在海的尽头，天水一色，隐约中一艘孤独的航船渐渐驶远。此去可能有惊涛骇浪，有不测风雨，孤孤单单但还是要远航，是航船就不应眷恋港湾。

在这多彩世界的一角，有一个纯绿色的军营，这里谈论得更多的是为人和素质，包含得更多的是舍弃和承受。军人对于军营，就像鲁迅先生对于祖国，既有发自内心的深爱，又有批判现实的无奈。

东风习习，满山草木不语。人又何尝不是如同草木一样平凡？静处在世界的一隅，唯多了分思想而已！

暴风雨又何尝不是一种风景？来得猛烈，打破了热燥与沉闷，冲刷着久积的灰尘与污秽。伴随着这呼啸的风和倾泻的雨，驱除灰尘与浮躁，也荡涤着人们越来越不清晰的心灵，带来生命的顿悟和人生中的又一次从头再来！待雨过天晴，又会是一个新的美好的开始！

宽容，成就了海之大；深沉，成就了海之美。

风看不见，却吹动着我们的头发和皮肤；感情看不见，却左右着我们的心绪与幸福。

看江水滚滚东去，洪流之下，个人不过像一朵浪花，虽能激起一股逆流，但终究难免顺流而下、随波逐流。

也许多年以后，我们会感谢生命中的困厄，让我们在失意中沉静下来，苦苦地学习与思考，砥砺灵魂和意志。可幸的是，困厄之中，支撑我们的还有信念，犹如风中倾斜不灭的灯火，让我们坚持信念，只要梦想不灭，灯火终将还会直燃！

我并不想总是那么坚强，因为坚强的背后，总有太多内心深处的苦楚，在早已疲惫的日子里，递来的一块擦汗的手帕、端上的一碗解渴的清水，都足够让我感动并珍重一生。

保持微笑，有时并不是因为幸福，而是学会了对生活的包容。

人生有很多事情是不可逆的，一定要倍加珍惜：牙齿要爱惜，坏了不可逆；骨头要养好，病变不可逆；眼睛要保护，近视不可逆；人生历史要写好，做错事情如同覆水难收，人生经历也不可逆。

生命的河，因为岸的阻挡而曲折。这阻挡，既不让幸运一往无前，也没让不幸毫无休止。在曲折中前行，才是河的真实存在。

朝霞、夕阳和雨后山林，善意、感动和久别重逢，都给我们幸福和喜悦，幸福时光常因偶然而惊喜，更因短暂而可贵。

如果我是一棵树木，我一定要让自己根植于大地，而不是栽种在花盆里，用扭曲的生长供人观赏。

生命顿悟之后，懂得了看天上的云、远山的峰。